大話廣府

上 册

大話國 編繪

大話國創作團隊

★大 欣　　★小 可　　★斯 敏

★win　　★joey　　★小 菁

編者的話

　　老廣新遊團隊於 2010 年創作了第一本關於廣州文化的城市繪本《老廣新遊》，有幸受到讀者垂青。八年來，我們陸續創作了數十種出版物，從多個方面介紹廣府歷史文化、風土人情。2018 年盛夏，我們將沉澱多年的經驗，都灌注到《老廣新遊·大話廣府》裏面，為這片土地的一些事、一些情，留下一份歷史筆記。

　　為了籌備此書，我們踏上南粵雄關，探尋廣府先民從中原南下的步伐；參加珠三角南部的小欖菊會，品味南派菊藝；走訪嶺南古村落，體驗水鄉人文，賽龍奪錦。

　　在做完第一話"追根溯源"的時候，我們發現想說的話遠比想象中的要多，於是把大綱拆分為上下兩冊：上冊談廣府的歷史、地理、人文、語言、節慶、信仰；下冊談廣府的美食、工藝、功夫、藝術、建築。

　　從選題策劃、調研採風、搜集資料、寫稿繪畫、排版設計到印刷成書，光是上冊就已耗時兩年，超越我們編寫的所有書的製作成本。願您能在我們的圖畫和文字間，輕鬆愉快地了解廣府文化的脈絡，感受廣府文化的魅力。

老廣新遊
大話國

目錄

上冊

第一話
追根溯源

06

第二話
廣府山水

46

第三話
趣味粵語

54

第四話
歲時節慶

64

第五話
民間信仰

134

第一話・追根溯源

中國南部有五座山嶺，五嶺以南稱為嶺南，面海背嶺，地處亞熱帶，有其獨特的自然條件。兩千多年前生活在這裏的原始先民稱為百越族。百越先民在山與海之間過着自由自在的漁獵生活。中原文化自秦末開始影響嶺南，成千上萬的中原移民翻過梅嶺古道踏進五嶺以南，把中原風俗帶進嶺南。中原移民與百越民族長期交融生息，共同構成嶺南地區的文化風貌。而嶺南文化又分為廣府文化、客家文化、潮汕文化三大民系。

廣府是什麼
Definition Of Canton
◆ 廣府、廣東、嶺南不一樣 ◆

　　"廣府"是古時候的行政區域。"廣"字來源於漢武帝設立的"廣信縣"。而"府"字的來源可追溯至隋朝設立的"廣州總管府",唐朝初年改稱"廣州都督府";至明朝又設置"廣州府"。

雲南

　　漢武帝在嶺南設立"廣信縣"為首府,取"初開粵地,宜廣布恩信"之意。

　　明朝,"府"是比"縣"大一級的行政單位,由"知府"話事。

　　明朝開始設立廣州府,簡稱"廣府",包括番禺、南海、順德、東莞、新安、三水、增城、龍門、清遠、香山、新會、新寧、從化等十幾個縣。

　　時移世易,如今"廣府"的概念已從行政區域變成了文化區域。判斷"廣府人"的標準是:以粵語語系為母語,且有相同文化風俗的人群。除了大部分廣東及港澳居民,還包括部分廣西居民以及一些海外華僑群體。

江西

福建

嶺南

南區域範圍

黃色的地方嶺

廣西

賀江

廣信縣

廣東

封開

西江

廣州

嶺南地區示意圖

澳門

香港

海南

廣　信

廣信在賀江、西江交匯處，是當時進出嶺南的重要通道，也是兩廣咽喉之地。

廣信作為嶺南政治、經濟和文化中心，歷經三百多年，被譽為"嶺南古都"，是嶺南文化的發祥地之一。廣信縣的位置在現在的封開，但這個地名已不復存在。

嶺　南

"嶺南"是五嶺以南的地區，包括廣東、廣西、海南、香港、澳門。

廣府有段古
History Of Canton
◆ 中原民族與嶺南民族的融合 ◆

秦始皇

古嶺南是讓中原人心生怯畏的"荒蠻之地"。因五嶺山脈隔斷南北交通，鮮有人能南下探險。直到秦統一六國，秦始皇下令吞併嶺南，掃平百越，並設立三個郡，中原民族與嶺南民族才開始融合。

五嶺

長沙郡

九江郡

閩中郡

桂林郡

象郡

南海郡

番禺

百越族

"百越族"不是一個民族，而是眾多古越部族的統稱，他們各有支系，雜居共處，互不統屬。

秦以前的百越族，大多在叢林裏過着以漁獵為生的原始生活。巢居、黑齒、食蛇、斷髮紋身都是他們的風俗。

今天的浙江、江西、福建、湖南、廣東、廣西、海南以及鄰國越南等地都是當時百越族的活動範圍。

秦定嶺南

公元前 214 年，秦始皇派五十萬大軍平定嶺南，後設桂林、南海、象三郡。秦兵南征為嶺南地區帶來了中原的人口和先進的技術。新移民開啟了民族文化交流與融合。

陳勝

吳廣

陳勝吳廣起義

公元前 209 年，秦二世胡亥繼位，朝廷征發九百名貧苦農民去防守漁陽（今天北京密雲附近）。途中因大雨滯留在大澤鄉，按照秦律，延誤當斬。農民中的陳勝和吳廣為了求生，號召人們揭竿起義，頓時四方諸侯、豪傑並起，天下大亂。

劉邦

項羽

楚漢相爭

公元前 206 年，大秦王朝覆滅，劉邦與項羽逐鹿天下，於是有了長達四年的楚漢戰爭。

趙佗立國

公元前 204 年，天下動亂，波及嶺南，歷史把安定嶺南的任務交到了南海郡尉趙佗手裏。趙佗起兵兼併桂林郡和象郡，建立南越國，定都番禺（現廣州），史稱"南越武王"。趙佗安定了嶺南大局，並為一個存在近百年的富足國家奠下基礎。

趙佗

和輯百越

建南越國後，南越武王趙佗在當地推行"和輯百越"政策：吸納更多的越人參政；讓中原人學習越人習俗；鼓勵他們與越人通婚；實行越人自治。該政策為嶺南政治、經濟、文化以及漢越民族融合作出巨大貢獻，也為廣府民系的形成奠定基礎。

古代軍隊遠征結束後，所帶的大量人員需留駐新征服地。因此，平定嶺南的五十萬秦兵奉命屯紮嶺南。他們中，有作戰將士、後勤人員、隨軍家屬，甚至還有負責背負行裝、運送物資的罪犯奴隸。

秦朝滅亡，自立為王的南越王趙佗推行"和輯百越"政策，把相差甚遠的中原文化和百越文化融合成嶺南文化雛形。

中原人

文官

《博物志》記載"南越巢居"，"巢居"的"巢"是一種適應南方氣候的高腳屋（欄杆式房屋），上層住人，下層養家畜。

巢居族

《異物志》記載："西屠國，以草漆齒，用白作黑，一染則歷年不復變。"黑齒族喜歡用植物色素把牙齒染黑，以此為美。

黑齒族

百越族

《漢書》記載，越人"相習以鼻飲"，在炎熱多雨的嶺南，鼻飲可以通竅醒腦、療瘴防暑。現在越南的康族還保留鼻飲習慣。

鼻飲族

武將　士兵　宮女

《山海經》記載："貫
匈國在其東，其為人匈有
竅。"從字面上理解，就是
胸部有洞的人。其實在炎熱
的南方，流行製作簡單的衣
裙，即以兩塊布縫合從頭上
貫下，類似於今天的Ｔ恤。
穿這類衣服的族群就叫"穿
胸族"。

穿胸族

《莊子·逍遙
遊》記載"越人斷髮
紋身"。越人不愛蓄
髮，更愛在身上刺畫
各種花紋。

斷髮紋身

《史記·貨殖列
傳》記載：楚越之地，
地廣人稀，飯稻羹魚，
或火耕而水耨，果隋蠃
蛤……"《淮南子·精
神訓》則載："越人得
髯蛇，以為上餚……"
可見百越族喜歡吃魚類
及貝類，同時還把蛇、
禾蟲、青蛙、鼠類視為
美食。

食蛇鼠蛤

穿越五嶺的"大遷徙"

在五千年的中華歷史進程中，人們因政治逼迫、躲避戰亂、營謀生計等，多次自北向南遷移。洶湧的移民潮對嶺南地區產生了甚麼影響？讓我們沿時間線索追尋答案吧。

統一六國後，秦始皇派兵攻打嶺南。秦軍在嶺南安家落戶，為這裏帶來了充足的人口與先進的技術。

後來，秦將趙佗建立南越國。

大家向南走！
翻過那座山他們就追不上了！

木箱小心抬啊！
成副身家喺晒度嘎啦！

乾隆二十二年（1757年），乾隆皇帝規定廣州為與西洋海外貿易的唯一港口。手工業生產急需勞動力，吸引了更多人到這裏謀生。

元朝末年，南雄戰亂頻繁，珠璣巷居民繼續南遷。元朝滅亡後，明政府為了安置這些南遷的移民，建立了 1 州 15 縣，並交由廣州府管理。廣府人逐漸成為嶺南的重要族群。

漢武帝收復南越國後發展南方經濟。加上北方戰事不斷，人們向局勢相對穩定的南方遷移。

西晉末年，皇族內亂不斷，胡人趁機建立政權，與新生的東晉政權形成對峙，史稱"五胡亂華"。為躲避戰亂，中原人大規模南遷。

公元 755 年至 763 年，"安史之亂"使北方一派狼藉。相比之下，南方繁榮依舊，廣府商貿活躍，在這種情況下，大量移民南遷避難。

快追！一個都不要放過！

漢 ➡ 晉 ➡ 唐

南宋 ⬅ 北宋

靖康之難後，中原及江南氏族因金兵、元兵入侵而大舉南遷，形成移民高潮，人們由珠璣巷轉至珠三角，成為廣府人口的主要來源。

北宋靖康之難，金兵入侵中原。大批難民南遷至珠璣巷。

古代的 "京廣線"

　　五嶺中的大庾嶺上有一條中國保留最完整的古驛道，古道山嶺兩壁長滿白梅花，故曰 "梅嶺古道"。古道始通於秦漢，宋代 "客流高峰期" 每日有近萬人經過，常能看到 "長亭短亭任駐足，十里五里供停驂，蟻施魚貫百貨集，肩摩踵接行人擔" 的繁榮景象，可謂古代的 "京廣線"。

中原

丹霞山

珠璣古巷

韶關

　　韶關古時候叫韶州，明清時期在這裏先後設立了水陸關卡收稅，於是俗稱韶關。

　　珠璣古巷是廣東僅有的一條唐代古巷。來自中原的移民沿梅嶺古道南下，找到山下這處有豐富水源的平地聚居，逐漸成為興旺的村落。

南華寺

　　南華寺坐落於韶關市曹溪之畔，被稱為中國禪宗之源。

　　由於中原戰亂逐漸殃及到珠璣巷的安寧，珠璣巷人不得不再次南遷。他們一路南下，向珠三角等地繼續遷移。

梅嶺關口位於梅嶺頂部，古人利用山壁埡口的天險建關口，隔開廣東、江西。現存的關樓建於宋朝嘉佑年間，為磚石結構，古樸雄偉。

張九齡（678 年－740 年）唐朝韶州曲江（今廣東省韶關市）人，唐朝開元年間名相。716 年秋，張九齡辭官還鄉，向朝廷請旨開鑿大庾嶺的梅嶺古道。

南雄

坪田

坪田地處廣東省南雄市，素有"銀杏之鄉"美稱。坪田銀杏相傳是由唐朝崖州都督葉浚之子葉雲興從浙江麗水帶來的。至今，坪田仍有全國緯度最低的銀杏林。

珠璣古巷

梅嶺古道

廣府源頭出珠璣

　　據明《永樂大典》記載，"自漢末建安至東晉永嘉之際，中國人避地者多入嶺表"，"嶺表"指的就是"嶺南"。而到了宋代，金兵入侵，入粵移民大增，南雄珠璣巷就成為他們的落腳點和中轉站。

　　珠璣巷是南下北上的必經之路。行人從大庾嶺過梅關向南到珠璣巷，正好是一日腳程；而從南雄上梅關，天黑前不一定能翻過大庾嶺，因此，他們大多在珠璣巷落腳休整。

　　南雄珠璣古巷有"廣東第一巷"之稱，這裏還保留着見證中原移民史的百家姓氏宗祠。

三大民系

歷代中原移民與嶺南原住民在不同歷史階段的融合，產生了廣府、潮汕和客家三大民系。

除三大民系外，廣東還有雷州（閩南人與雷州半島和海南島原住民的混血後代）、高涼（主體是粵西原住民俚人）、海陸豐等族群。

出來料啊里
（出來玩下）

老爺保號
（老爺保佑）

客家

大吉利是

潮汕

广府

廣府民系

廣府民系主要分佈在珠江三角洲地帶，且多佔據了對外交流的重要港口，因此，廣府人是最早接觸西方文化思想的。他們勤勞務實，靈活變通，兼容並蓄，敢於營先。

廣府

廣府童謠

落雨大，
水浸街，
阿哥擔柴上街賣，
阿嫂出街着花鞋，
花鞋花襪花曬帶，
珍珠蝴蝶兩邊排。

方　言：粵語
聚居地：珠三角　粵西　粵北
地　理：有山有水好風光

客家民系

　　客家民系的入粵時間比廣府和潮汕都晚，只能居住在內陸山地，是為："逢山必有客，無客不住山。"長期遷徙令客家人養成了刻苦耐勞，自立自強的民風。

客家山歌

落水天，落水天，
落水落到，崖刻身邊。
濕了衣來，又無傘咯，
光着頭來，真可憐。

方　言：客家話
聚居地：粵東　粵東北　粵北
地　理：居山靠山

潮汕民系

　　潮汕民系是從中原南下福建而後遷入粵東的漢人後裔。潮汕人有典型的海洋性格。敢於拼搏，團結互助，以商人本色著稱，被稱為"東方猶太人"。

潮汕童謠

雨落落，
阿公去牽薄，
牽着鯉魚殼苦初，
阿公里愛烙，
阿媽里愛柯，
二人啊勿落，
燒栢倒莽毛，
莽去問老爹，
老爹倚攔二人食老無事栢踢桃。

方　言：潮汕話
聚居地：粵東三市
地　理：靠水喜水

廣府之民
The People of Canton
◆ 努力進取 自由生活 ◆

　　珠三角溫暖潮濕，土地肥沃，水源充足，人們依靠這方水土務農經商，修築水利疏洪，漸漸創造出一個富裕的南方。

　　廣東人勇於冒險，努力進取。自由獨立的自梳女，漂洋過海闖金山的華工，水上生活的疍家人，都是極具廣東人性格特點的代表。

桑基魚塘

　　桑基魚塘始見於宋，在明清時期發展興旺。人們為解決洪水泛濫之憂，將農田低窪積水之處深挖為池塘，挖出來的淤泥就地堆砌成塘基，池塘養魚，塘基上種桑樹果樹。

　　明末清初，基塘農業以果基魚塘為主。但到了十三行時期，工業革命帶旺紡織業，外國商人大量採購生絲。珠三角便掀起了兩次改稻田作桑基魚塘的風潮。南海九江和順德龍山、龍江等鄉皆"境內有桑塘無稻田"。

桑樹
基種桑，塘養魚

桑葉
桑葉餵蠶

蠶蟲

蠶沙
蠶蟲的排泄物，用於餵魚

蠶絲
蠶絲是自然界中最輕最柔最細的天然纖維

蠶蟲

桑樹和果樹

基堤上種養了甘蔗、

低窪積水之處深挖
為塘，挖塘的淤泥堆於
固圍為基堤

基
堤

塘
泥

塘
魚

甘
蔗

煉
糖

SUGAR

光緒《高明縣志》記載了基塘
經濟的高效和高收益："基種桑，
塘養魚，桑葉飼蠶，蠶矢（屎）飼魚，
兩利俱全，十倍禾稼。"

蠶絲被
蠶絲絡絡被子，
輕盈軟熟，保
暖效果好

23

自梳女

青絲挽雲髻，冰心托玉堂

　　自梳女是通過特定的儀式把頭髮盤成髮髻，宣布終身不嫁的女子群體。當年珠江三角洲桑蠶業興盛，女人靠着自己雙手辛勤勞動也能經濟獨立，安居樂業，有的自梳女甚至能養活全家。這樣，女人便有選擇歸宿的權利。然而在中國習俗裏，年長的女子如果不出嫁，就會阻礙弟弟妹妹娶嫁，所以"梳起不嫁"的儀式應運而生。"梳起"了的女孩等於已出嫁，可以名正言順地留在鄉下。而自梳女自發籌資買下或租下的房屋稱"姑婆屋"。順德均安鎮的"冰玉堂"就頗具代表性。

自梳儀式在姑婆屋舉行。自梳前要先擇吉日良時,買好自梳用品;以"香湯"沐浴。

當天清早,準備梳起的女子穿上白色內衣和深色外衣,準備好三牲禮品,在觀音菩薩像前,由年長的自梳女幫她結髮髻,再把劉海梳起,邊梳邊念"八梳訣",完成後再向觀音菩薩禱告。禮畢,親戚們還會送上金飾、布匹和被鋪。

八梳訣

一梳福
二梳壽
三梳自在
四梳清白
五梳堅心
六梳金蘭姐妹愛
七梳大吉大利
八梳無難無災

自梳前,先選擇吉日良時,準備好新衣、鞋、襪、妝鏡、頭繩、大小一對梳子和香燭酒餚

頭繩

新衣

香燭

（俗稱『香湯』）沐浴

以柏葉、黃皮樹葉煲水,

香湯

後來珠江三角洲的蠶桑業不景氣,許多自梳女都到南洋以及中國香港、澳門等地給富裕的家庭打住家工,俗稱"馬姐"。

"馬姐"的"五手辮"

"馬姐"在香港

25

蜑家人

逐水而居，浮家泛宅

　　"蜑家人"分佈在中國南部沿海，以船為家，一生都住在水上。據說蜑家人是百越族的一支後裔，被稱為"海上的吉卜賽人"。蜑家人沒有戶籍，生老病死都在船上，這造就了他們自由自在無懼風雨的性格。童謠"月光光，照地堂，蝦仔你乖乖訓落床"就體現了蜑家人的生活。

　　宋朝的《太平寰宇記》中寫道"蜑戶多生於江海，居於舟船，逐水而居"。這是關於蜑家人最早的文字記錄。由此推測蜑家人在宋朝以前就開始水居了。

海笠俗稱"蝦姑帽"，可遮陽又可擋雨。其外部刷一層油，既保護竹笠又增加了一分光彩

海笠

蜑家的孩子都背着一塊浮木浮標，上面系上鈴鐺，以便孩子不小心掉入水中時救生

浮標

漁船

廣東漁船底部船艙分兩部分。前面的水艙用以盛載魚貨，後面的空艙用來放置衣食雜物

疍家船

疍家雞

除了捕魚，疍民也會在船尾養雞來補充蛋白質，於是誕生了歇後語：疍家雞見水——得個望，因為疍家雞只能天天困在籠裏，渴了也喝不到滿江碧水

舢板船上的生活

沙面河涌的疍家船

　　疍家人與陸上人有明顯的文化差異。例如，疍家人出海捕魚前都要拜媽祖，祈求風平浪靜。去疍家做客，忌踏門檻，吃飯時碗、匙不能反扣在桌上，夾菜時手心不能向下，吃魚時不能把魚身翻轉。因這些動作預示着"翻，沉，擱淺"。而坐姿也忌兩腳懸空，免得"不到埠"。

　　中華人民共和國成立後，疍家人大多上岸落戶居住，他們的"咸水歌"和逐水而居的生活方式也逐漸遠去。

金山伯

飄洋過海，衣錦還鄉

　　19世紀中期，美國的西部大開發急需大量勞動力。美國開發商就在廣東港口附近大量張貼招聘廣告。許多農民都選擇了出洋謀生，祈求能通過"上金山"改變家族命運。這批華工年老後衣錦還鄉，買地蓋房，娶妻生子，被稱"金山伯"。

歐洲

亞洲

北美

中國

三藩市

廣東

太平洋

非洲

南洋

印度洋

大洋洲

　　為什麼只有"金山伯"沒有"金山娘"呢？因為當時海外工種都是種蔗割膠、開荒修路、挖礦開廠，只有男丁才能勝任；再加上如加拿大在1885年通過了向華人收取昂貴的"人頭稅"法案，帶上妻兒就要另外繳稅，所以出外謀生的就都是男性了。

　　中國男性很少和其他族裔通婚，且又被當地政府用各種政策刁難。許多華工都是奮鬥了幾十年才存夠孤身回家的錢。

簽訂契約後的華工像豬仔一樣被販賣掉，所以他們又被稱為"豬仔華工"

當時美國三藩市在淘金熱中迅速發展，被華僑稱為"金山"。後來因澳洲墨爾本發現金礦而成為"新金山"，三藩市就稱"舊金山"

南美洲

聰明的華工也在海外創業：洗衣房、餐館、農莊、醫館藥店等行業成為當時海外華人的主要業務。

有趣的是，華工務農的技術也很高明。據說一種著名的美國櫻桃"Bing cherry"，就是一位叫"阿冰"的廣東華工幫助白人農場主嫁接創造出來的新品種。後來"阿冰"因排華政策無法留在美國，農場主為了紀念他，就把新品種櫻桃命名為"Bing cherry"（冰記櫻桃）。

淘金礦的華工

前往金山的華工

Paramount-Burton Holmes
TRAVEL - PICTURES

ON THE WAY TO THE FRONT
WITH THE CHINESE LABOR CORPS

修鐵路的華工

拘留華人的天使島

天使島

　　美國政府曾在三藩市的一個島上設立移民檢查站，這座叫做"天使島"的美麗小島，在1910—1940年間，拘留着17.5萬名中國移民。

　　1882年起，美國政府實行長達60多年的排華政策，許多曾經為開發美國做過貢獻的華工都被拒之門外。他們滿懷憧憬遠渡重洋，卻被擠在狹小局促的木屋中，等候漫長的甄別審查、檢疫等。

　　華人在營房的牆上留下了約200首中文詩詞，表達了內心的壓抑和絕望：

> 新客到美洲，必逮入木樓。
> 儼如大犯樣，在此經一秋。
> 美國人不準，批消撥回頭。
> 船中波浪大，回國實堪憂。
> 國弱我華人，苦嘆不自由。
> 我國豪強日，誓斬胡人頭。
>
> 黃家子弟本香城，
> 挺身投筆赴美京。
> 賣棹到了金山地，
> 誰知撥我過埃倫 (island)。
> 我國圖強無此樣，
> 船泊岸邊直可登。

（摘自《埃倫詩集》）

ANGEL ISLAND

IN 1775, THE PACKET SAN CARLOS, FIRST KNOWN SPANISH SHIP TO ENTER SAN FRANCISCO BAY, ANCHORED IN THIS COVE WHILE HER COMMANDER, LIEUT. JUAN MANUEL DE AYALA, DIRECTED THE FIRST SURVEY OF THE BAY. AYALA NAMED THIS ISLAND ISLA DE LOS ANGELES. THE ISLAND HAS BEEN A MEXICAN RANCHO, U.S. MILITARY POST, BAY DEFENSE SITE, AND BOTH A QUARANTINE AND IMMIGRATION STATION.

CALIFORNIA REGISTERED HISTORICAL LANDMARK NO. 529

PLAQUE PLACED BY THE STATE DEPARTMENT OF PARKS AND RECREATION IN COOPERATION WITH THE CITY OF TIBURON. SEPTEMBER 26, 1970

華人居住的木樓中刻下的詩集

正在接受檢查的華人

三百年前的"廣交會"
The Influence of Thirteen Hongs in Canton
富可敵國的廣州十三行

　　中國貨,自古就是西方商人的至愛。持續了幾百年的瓷器、茶葉、絲綢貿易承載着東西方的經濟與文化交流。

　　15世紀,歐洲造船及航海技術突飛猛進,歐洲人用先進的遠洋船開闢了新航線。相比起古老的陸上絲綢之路,海路載貨量更大,也更便捷,橫貫東西的大航海時代由此開始。

瑞典

英國

歐洲

葡萄牙

羅馬尼亞　　土耳其

哈薩克斯坦

烏茲別克斯坦

新疆　　蘭州

伊朗　　吉爾吉斯斯坦　　西安

巴基斯坦

孟加拉　　廣州

印度　　澳門

好望角

馬六甲

‥‥‥‥‥ 陸上絲綢之路
‥‥‥‥‥ 新航路開闢

北京

中 國　　黃　海

上海（江海關）
寧波（浙海關）

漳州（閩海關）

東　海

廣州（粵海關）

南　海

洪任輝

　　早在秦漢時期，中國與海外諸國已有貿易往來。經過明清兩代的長時間"海禁"後，康熙帝在平定台灣後，於康熙二十三年（1684年）宣布解除海禁，史稱"康熙開海"。次年（1685年），又於廣州（粵海關）、漳州（閩海關）、寧波（浙海關）、上海（江海關）設立四大海關，管理海外貿易。

　　然而，到了乾隆年間，這個狀況改變了。大量西洋商船雲集在寧波港一帶，希望打開中國絲茶產區市場，引起朝廷警惕。使乾隆對正在開放的貿易港口有了新思考。他認為，"洋船至寧波者甚多，將來番船雲集，留住日久，將又成一粵省澳門矣。"原來，乾隆想到明朝年間，葡萄牙人以"借地晾曬水浸貨物"為借口，獲得澳門半島的暫時居住權。此後葡人更強蓋房屋，設立機構，擴大地盤。

　　以史為鑑，清政府於 1757 年勒令來自西洋的"番商"只能在廣州停泊貿易， 其餘港口則仍可以和東洋、南洋商船做貿易。史稱"一口通商"。

　　後又有東印度公司為首的西方商人的洪任輝（James Flint），不顧乾隆皇帝的禁令，再次前往寧波港和天津港，還聘請了中國人為其寫狀紙，告御狀，激怒了乾隆皇帝。此後，乾隆帝頒布《防範外夷規條》，對西洋來華商人作出了嚴格的限制，而帶頭告狀的洪任輝則被下令於澳門圈禁三年，史稱"英吉利通商案"。

茶葉行

瓷器行

燈籠舖

戲服舖

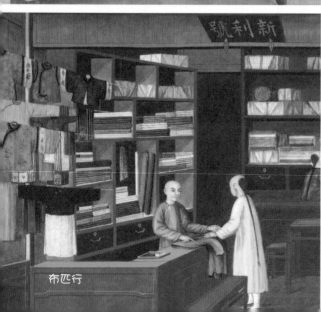

布匹行

金器行

"銀"流成河

"一口通商"，使廣州成為世界貿易體系中心，還造就出興旺的"十三行"。

> 洋船爭出是官商，
> 十字門開向二洋。
> 五絲八絲廣緞好，
> 銀錢堆滿十三行。

從清代廣東文人屈大均的竹枝詞中可見，17世紀的廣州十三行已是洋船雲集，行商們富得流油。

1757年"一口通商"後，行商們的富裕程度要改口說是：富得流"銀"！

全盛時期的十三行繳納的稅額佔清政府總稅收的40%，被稱為"金山珠海，天子南庫"。

1822年，十三行發生了一場火災。清代文人汪鼎在《雨韭庵筆記》中寫道："燒粵省十三行七晝夜，洋銀熔入水溝，長至一二里，火熄結成一條，牢不可破。"

十三行行商——伍秉鑑更是當時的世界首富。在道光年間，他的資產高達2600萬兩白銀，約合現在40億元人民幣。

伍秉鑑

伍秉鑑小檔案

別　號：浩官
英文名：howqua
職　業：十三行總商，『怡和行』大boss
性　格：篤守誠信、慷慨大方
地　位：世界首富，身家2600萬兩白銀

洋貨入粵過四關

據記載，十三行鼎盛的 80 多年間，有五千多艘外洋商船在黃埔港的粵海關停泊過。

所有外洋商船，第一站，必須在澳門領取進港牌照，聘請中國引水員為其帶路。第二站，到虎門驗牌照，丈量船隻，卸下違禁商品和火炮。第三站，到達黃埔港，繳納關稅後，便可將遠洋船停泊在黃埔，卸貨，換乘小型船進入省城十三行。

4 廣州

換成小船進入十三行

貿易買賣

◎ 十三行　⚓

3

引水員帶領通事、買辦

$ 徵收船鈔

牌照 離港前牌領取處

◎ 黃埔海關　⚓

威遠炮台

虎門鎮

威遠島

橫檔島

虎門

2

引水員帶領駛進虎門

海關稅館人員登船丈量

🚫 卸下違禁商品和火炮

$ 繳交雜費

大角炮台

沙角炮台

伶仃島

九龍

香港

澳門 ◎

1

⚓ 虎門口外洋下錨

牌照 領取入港牌照

僱請中國引水員

名　　稱：哥德堡號（East Indiaman Gotheborg）
國　　籍：瑞典
航　　運：三次遠航中國廣州。
規　　格：瑞典東印度公司著名的遠洋商船。
大 事 記：返航時候在瑞典哥德堡附近觸礁沉沒。

名　　稱：中國皇后號（The Empress of China）
國　　籍：美國
航　　運：1784年2月22日從紐約港出發到
　　　　　廣州的黃埔港。
之　　最：第一艘來華的美國商船。
規　　格：海軍戰船改裝為遠航商船。
大 事 記：美國總統華盛頓買下了商船帶回來一整套中國陶瓷
　　　　　餐具。
　　　　　首航為美國海上貿易打開了新的大門。

掃一掃，聽古仔

掃一掃，聽古仔

名　　稱：耆英號
國　　籍：中國
航　　運：1846年至1848年期間完成了從香港出發，
　　　　　經好望角至美國東岸，隨後又到達英國的行程。
之　　最：中國第一艘遠洋到歐美的船隻。
規　　格：廣船（柚木）三桅帆船。
大 事 記：清朝時期第一艘到達美洲和歐洲港口的中國傳
　　　　　統帆船。
　　　　　部分船上乘客參加在倫敦舉行的首屆世界博覽會。

十三行的小故事

前方高能預警！你即將進入超長畫卷，掃掃下方的二維碼，更多十三行故事等你解鎖！

掃一掃，聽古仔

❶ 伍秉鑑撕借條

❷ 曬了又曬的茶葉

❸ 西洋畫師林呱

❹ 中國人睇番鬼餐

❺ 海珠炮台

❻ 伯駕醫生的眼科藥局

十三行復原想像

中西貿易大失衡

　　洋人到達十三行商館區後，需要找行商做擔保人。行商會收購他們的洋貨，為他們採購中國商品，辦理稅務等相關手續。

　　歐美的工業革命使西方出口貨物激增。洋人希望用棉花、毛織品、香料、毛皮、檀香木等打開中國市場。但中國人對機器生產的工業品不買賬。相反，中國的茶葉、生絲、絲綢、瓷器、藥材等商品在歐洲非常暢銷。

　　交易需求不平衡，使大量白銀從歐洲流入大清國，為清王朝創造了大額的貿易順差。

外商販毒禍害中華

　　為扭轉巨大的貿易逆差，英國商人非法將鴉片輸入中國，偷藏在伶仃島的躉船隻上，由走私快艇"快蟹"、"扒龍"載貨回城販賣。

　　清政府多次頒布禁毒法令。1839年，欽差大臣林則徐於廣東禁煙時，派人明察暗訪，強迫外國鴉片商人交出鴉片，於虎門銷毀。英國借此為由發動第一次鴉片戰爭。

大清國打敗仗

　　1842年，清政府在鴉片戰爭中戰敗，被迫簽訂一系列不平等條約，中國開放廣州、廈門、福州、寧波、上海五處為通商口岸，史稱"五口通商"。此後，英商可赴中國沿海五口自由貿易，廣州行商壟斷外貿的特權被取消。

　　1856年，第二次鴉片戰爭打響，英法聯軍拆毀了十三行商館區周邊的大片民房，憤怒的廣州民眾在廢墟殘址上點火，十三行在熊熊烈火中化為灰燼。

　　南海知縣華延傑在《觸藩始末》一書描寫："夜間遙望火光，五顏六色，光芒閃耀，據說是珠寶燒裂所致。"面對被燒毀的十三行，外國人將目光轉向沙面，十三行商館區的歷史也就此結束。

續寫外貿傳奇

　　如今，十三行成了廣州荔灣區的一個路名，但兩百多年前的外貿基因卻在這座城市延續了下來。

　　自 1957 年起，每年春秋兩季的中國進出口商品交易會，都在廣州舉辦。近年來，廣交會成交額已高達 600 億美元（折合 3937 億人民幣）。這一交易額等同賣了 6000 萬部頂級手機，足夠全體英國人換新手機了。可見廣交會的外貿地位舉足輕重。

近代革命策源地

廣府人在中國近代歷史中有着不可替代的地位。鴉片戰爭、太平天國、維新運動、辛亥革命、國共合作，眾多改變中國歷史進程的重大事件皆發生在廣府人身上；林則徐、康有為、梁啟超、孫中山等革命先輩、有識之士為挽救民族危亡和推動社會進步做出卓著貢獻。廣東被視作近代改革與民主革命策源的中心地帶，皆因廣府人有着尋求變革、敢為人先的精神特質。

1841 年

廣州三元里抗英鬥爭

1839 年

林則徐在東莞虎門銷毀鴉片

1911 年

廣州黃花崗起義

1923 年

中共三大在廣州召開，確立國共合作，建立革命統一戰線的方針

國民黨一大在廣州召開達成國共合作；組建黃埔軍校

1924 年

陸軍軍官學校

容閎參與籌建了中國第一個
現代軍火工廠"江南制造局",並
組織了第一批官費赴美留學幼童

1865 年

1851 年

廣西金田起義,
洪秀全建立太平天國

康有為在廣州創辦萬木草
堂,宣傳維新思想

1891 年

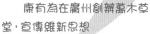

1909 年

詹天佑是廣東南海人,
是容閎組織的第一批官費
赴美留學幼童之一,他建設
了京張鐵路等重要工程,被
譽為"中國鐵路之父"

1926 年

國民革命軍在
廣州發動北伐戰爭

1925 年

廣州、香港
省港大罷工,
支援上海五卅反帝運動

45

第二話・廣府山水

廣東省北依雲貴高原和南嶺，中亘兩廣丘陵，南臨浩瀚的南海，全境北高南低，西陡東緩，從粵北山地逐步向南部沿海遞降，形成了北部山地、中部丘陵、南部平原的地貌。

廣府地區以珠江三角洲為中心，涵蓋珠三角周邊的粵西、粵北部分地區和桂東南地區，沿海平原中間夾着丘陵低山。這種對內封閉、對外開放的地理格局，讓廣府民系既能延續本土文化特質，又可納海外風氣之先，造就"生猛鮮活"的廣府文化。

山海之間
Between Mountain and Sea
◆ 廣府之地，依山傍水 ◆

　　廣府背山面海的好風水，讓住在這裏的人們既能免受戰亂滋擾，又能納海外風氣之先。

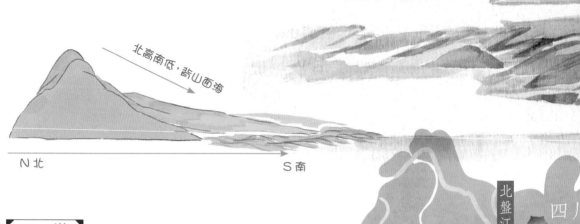

北高南低，背山面海

N 北　　　　　　　S 南

越城嶺

主峰 2141.5 米高，花崗岩斷塊山。秦代修築的靈渠在此。

北盤江

四川

雲南

昆明

南盤江

右江

五　嶺

　　五嶺由西到東分別是越城嶺、都龐嶺、萌渚嶺、騎田嶺和大庾嶺。其屹立在湖南、兩廣、江西之間，是中國南部最大的橫向山脈，也是長江和珠江的分水嶺。

珠　江

　　珠江水系由西江、北江、東江及珠江三角洲諸河匯聚而成，是中國南方最大的水系，流量位居全國第二。

水

山

五嶺山脈示意圖

都龐嶺

主峰高 2009.3 米，山脊為長江水系和珠江水系分水嶺，山溪落差大。

萌渚嶺

主峰高 1787 米，湖南進入廣西之道。

騎田嶺

主峰高 1510 米，附近的折嶺關，為湖南進入廣東之道。

大庾嶺

海拔 1000 米左右，花崗岩斷塊山。嶺上有梅關。

珠江流域示意圖

三江交匯

西江、北江在廣東省三水市匯入珠江；東江在廣東省東莞市石龍鎮匯入珠江

柳江

漓江
桂林

龍江

賀江

北江
韶關

廣西

桂江

珠江
廣州

東江

郁江

西江

梧州

廣東

香港

澳門

南國水鄉

珠江水系是世界上最複雜的水路網絡之一。其由三江匯集，分八個口門流入大海。人們依水道開田建村，開放港口對外通商，形成獨一無二的珠江三角洲。

八大口門

崖門　虎跳門　雞啼門　磨刀門　泥灣門　洪奇瀝　蕉門　虎門

珠三角

廣州
佛山
東莞
深圳
江門
中山
珠海
香港
澳門

不一樣的珠三角

珠三角是由珠江水系沖積形成的複合型三角洲，除了肥沃的平原，它還擁有最複雜的水路交通。因此，珠江三角洲流域自古就擁有優越的航運條件。

湖泊

沙田

珠江三角洲形成了許多美麗湖泊，其中較出名的是肇慶星湖。星湖內含著名的七星岩景區。

沙田指在沿海地帶由江河帶來的泥沙淤積而成的土地。宋代後隨着珠江含沙量的增加，三角洲發育加快，淤積而成的大片陸地被墾為沃壤。如今的中山、東莞及廣州的番禺、南沙一帶就有大量沙田。

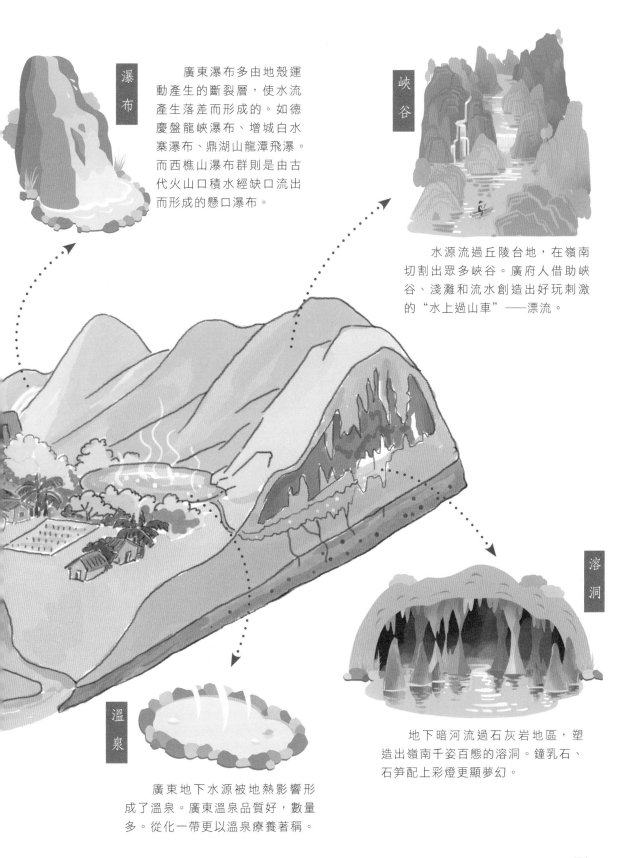

瀑布

廣東瀑布多由地殼運動產生的斷裂層，使水流產生落差而形成的。如德慶盤龍峽瀑布、增城白水寨瀑布、鼎湖山龍潭飛瀑。而西樵山瀑布群則是由古代火山口積水經缺口流出而形成的懸口瀑布。

峽谷

水源流過丘陵台地，在嶺南切割出眾多峽谷。廣府人借助峽谷、淺灘和流水創造出好玩刺激的"水上過山車"——漂流。

溶洞

地下暗河流過石灰岩地區，塑造出嶺南千姿百態的溶洞。鐘乳石、石笋配上彩燈更顯夢幻。

溫泉

廣東地下水源被地熱影響形成了溫泉。廣東溫泉品質好，數量多。從化一帶更以溫泉療養著稱。

51

嶺南自然風光婀娜多姿，既有氣勢磅礴的山巒，也有水網縱橫的平原；既有岩溶洞穴，也有川峽險灘的奇景，更有海天一色的港灣風光。嶺南四大名山為鼎湖山、羅浮山、西樵山及丹霞山，此外還有蓮花山、白雲山等人文名山。

遊山玩水

名山篇

西樵山
位置：廣東省佛山市南海區
特色："南拳文化"的發源地，廣東四大名山之一
景點：南海觀音　寶峰寺　雲泉仙館　白雲洞　三湖書院

鼎湖山
位置：廣東省肇慶市境東北部
特色：負離子含量高，"天然氧氣庫"，廣東四大名山之一
景點：姻緣樹　慶雲寺　寶鼎園　飛水潭

白雲山
位置：廣東省廣州市東北部
特色：羊城八景之一、古蹟勝覽
景點：摩星嶺　能仁寺　桃花澗　鳴春谷　雲台花園　廣州碑林

蓮花山
位置：廣州番禺區珠江口獅子洋畔
特色："蓮峰觀海"勝景
景點：燕子岩　觀音岩　獅子石　蓮花塔　飛鷹岩　望海觀音
　　　蓮花古城　古採石場

丹霞山
位置：廣東省韶關市
特色：丹霞山是世界"丹霞地貌"命名地，廣東四大名山之一
景點：陽元石　翔尤湖　坤元山

羅浮山
位置：廣東省惠州市博羅縣西北境內東江之濱
特色：奇峰怪石、飛瀑名泉和洞天奇景，廣東四大名山之一
景點：洞天奇景　華首寺　酥醪觀　黃龍觀　葛仙祠

溫泉篇

地點：中山市
特色：廣東省溫度最高的溫泉

地點：從化溫泉
特色："嶺南第一泉"，也是世界唯二的含氡蘇打溫泉之一

地點：龍門鐵泉
特色：富含大量鐵元素的珍稀溫泉

梅嶺古道

南雄坪田

珠璣古巷

○ 韶關

寶晶宮

流溪河

萬綠湖

○ 河源

○ 梅州

南昆山

龍門鐵泉

○ 潮州

○ 揭陽

○ 汕頭

白水寨

○ 惠州

蓮花山

羅浮山

惠州西湖

○ 汕尾

○ 東莞

○ 深圳

○ 香港

○ 珠海

○ 澳門

瀑布篇
地點：增城白水寨
特色：瀑布落差達 428 米，是中國落差最大的瀑布

地點：德慶盤龍峽
特色：廣東最大的瀑布群，同時它也是十級以上的梯級
瀑布群，整體落差達 300 米

湖泊篇
地點：肇慶星湖
特色：湖、岩交錯，點綴如星

溶洞篇
地點：肇慶七星岩
特色：被譽為"人間仙境"、"嶺南第一奇觀"

地點：英德寶晶宮
特色：有"嶺南第一洞天"之稱，是廣東面積最大的溶洞

地點：河源萬綠湖
特色：華南地區最大的人工湖，因四季皆綠而得名

峽谷篇
地點：清遠市
特色："漂流之鄉"，有"天開清遠峽，地轉凝碧灣"的美譽

地點：惠州西湖
特色：被譽為"苧蘿西子"

第三話 • 趣味粵語

粵語，也稱白話、廣東話、唐話、Cantonese，至今已有兩千多年的發展歷史。自從秦軍南下嶺南以來，百越族的土語一直與中原語言相互融合，逐漸演變成今天的粵語。

　　粵語在秦朝出現，魏晉南北朝時成長，唐宋時期定型，元明清時已發展成一種獨特方言。粵語的發音豐富多樣，以六調九聲：詩（si1）；史（si2）；試（si3）；時（si4）；市（si5）；事（si6）；色（sik1）；錫（sik3）；食（sik）。區別於中原漢語。

認識粵語
Cantonese Dialect
◆ 方言歷史的"活化石" ◆

　　粵語，廣東人稱"白話"，外省人稱"廣東話"，海外華人稱"唐話"，是中國七大方言之一。

　　粵語源自古漢語，在唐宋時分化為粵地流行的語言，明清時期走向成熟，逐步發展為現代粵語。

　　古代漢語有"平、上、去、入"四聲，在元代之後，中原漢語不再有入聲，現代漢語普通話聲調變成了"陰平、陽平、上聲、去聲"。

　　然而粵語仍保留了九聲，"平、上、去、入"都分陰陽，高音是陰，低音是陽，而入聲還有一個中音"中入"。

掃一掃，聽古仔

這句話很有意思，給記住粵音九調的朋友提供了一個形象、生動的記憶方式

faan1　ke2　zoeng3　ngau4　naam5　min6　jat1　baak3　dip6

番茄醬牛腩麵一百碟

除九聲外，粵語還保存了不少古音。我們熟悉的李白和杜甫的作品就有許多今天還使用的粵語字詞。

掃一掃，聽古仔

《玉真仙人詞》
李白

玉真之仙人，時往太華峰。
清晨鳴天鼓，飈欻騰雙龍。
弄電不輟手，行雲本無踪。
幾時入少室，王母應相逢。

《客至》
杜甫

舍南舍北皆春水，但見群鷗日日來。
花徑不曾緣客掃，蓬門今始為君開。
盤飧市遠無兼味，樽酒家貧只舊醅。
肯與鄰翁相對飲，隔籬呼取盡餘杯。

《行路難》
李白

金樽清酒鬥十千，玉盤珍羞直萬錢。
停杯投箸不能食，拔劍四顧心茫然。
欲渡黃河冰塞川，將登太行雪滿山。
閒來垂釣碧溪上，忽復乘舟夢日邊。
行路難！行路難！多岐路，今安在？
長風破浪會有時，直掛雲帆濟滄海。

《將進酒·君不見》（選段）
李白

君不見，黃河之水天上來，
奔流到海不復回。
君不見，
高堂明鏡悲白髮，朝如青絲暮成雪。
人生得意須盡歡，莫使金樽空對月。
天生我材必有用，千金散盡還復來。
烹羊宰牛且為樂，會須一飲三百杯。

押韵同韵

　　雖然現代粵語並不完全等同唐朝人講的話，但用粵語朗誦唐詩會比普通話更押韵。

lau4
流

lau4
樓

《登鸛雀樓》
王之渙

白日依山盡，
黃河入海流，
欲窮千里目，
更上一層樓。

　　當中的"流"與"樓"，粵語裏是同音，但普通話"流"讀liu，"樓"讀lou。

san 1
新

jan4
人

zan 1
真

wan4
勻

《麗人行》
杜甫

三月三日天氣新，
長安水邊多麗人，
態濃意遠淑且真，
肌理細膩骨肉勻。

　　"新、人、真、勻"四字在粵語裏皆同韵，普通話卻只有三個韵腳。

外語內用

　　到了近代，廣東開放門戶。在中西交流之下，廣府人也學起了"雞腸"，並以粵語音譯創出許多新詞彙，現在通用譯名不少是來自粵語譯音的，如：

Salmon
三文魚

cookie
曲奇

Sweden
瑞典

Canada
加拿大

粵語好盞鬼 背後有古仔

粵式俗語在生活交流上既調皮刻薄，又風趣幽默，還有很強的畫面感。無論是人、動物還是植物，都可以成為調侃對象。

在粵語中與這些俗語不但接地氣，也反映了廣東人樂觀的生活態度。

妻子給丈夫打傘的即視感：老公被傘遮住了，自然就陰涼了。其中的"陰"與"公"連一起讀，即陰功。陰功是"冇陰功"的簡稱，引申為形容可憐、淒慘的境況。

畫面上表現為丈夫給妻子扇扇子，妻子會感到涼爽，其中的"妻"字與"涼"字合在一起，與淒涼的讀音相同，所以也會拿來形容人的淒涼境況。

老婆擔遮

陰功

老公撥扇

淒涼

生骨大頭菜

縱壞 種

大頭菜根莖大，廣府人喜用它醃鹹菜，爽脆清甜。但若種不好，根莖會纖維化，俗稱"生骨"。粵語"縱""種"同音，因此生骨的大頭菜即種（縱）壞了，多以此形容被寵壞的小孩。

壽星公吊頸 嫌命長

壽星公是中國神話中的長壽之神，『吊頸』即上吊。壽星公要尋死，就是不想這麼長壽了。在粵語中多用來評價那些做出危及生命行為的人。

盲公食湯丸 心中有數

普通人吃湯丸，把碗裏的都吃完便是，不知道吃了多少粒。但『心水清』的盲人則每吃一粒都會記在心裏。以此形容人表面裝糊塗，其實內裏盤算得一清二楚。

灶君跌落鑊

蒸神 → 精

灶君掌管飲食，多被供奉在廚房。若它不小心掉進鍋裏，這畫面就成了蒸煮神仙。粵語"蒸""精"同音，因此，"蒸神"即精神。

死蛇

扮晒蟹

蟹因天生橫行而被賦予霸道的性格特質，扮蟹意為裝出來的霸道，即裝老大。用來形容那些自以為是，自認勝人一籌的人。

爛鱔

死掉的蛇、鱔，軟軟長長的一條攤在那，扶也扶不起。引申為人懶散萎靡、不願動的樣子。例如 "某某攤在沙發上，死蛇爛鱔咁，踢都踢不動"。

鹹魚翻生

魚死了用鹽醃製，可存放食用很久。要是這種魚也能起死回生，那真叫奇蹟。用以形容人奇蹟般地谷底反彈，起死回生。

刀仔鋸大樹

第四話◆歲時節慶

廣府人的節慶活動在時序安排、對具體時節的重視和活動方式上都有着濃郁的地域風情。所謂粵俗，主要是廣府地區之俗，在如今的廣州地區節俗中，既有對中原傳統文化的傳承，又有其地方的特色，如春節行花街、五月初五賽龍舟、七夕乞巧、冬大過年、中秋燈會等等。除此之外，廣府人也很重視祭祀活動，波羅誕、鄭仙誕、金花誕、何仙姑誕、盤古王母誕、魚花誕、龍母誕等都是廣府人尊崇的本土神仙的節日，祭祀內容多與祈求發財致富、出航平安等主題有關，反映了廣東風俗文化深層結構的品格。

春節
Spring Festival
◆ 迎春接福 ◆

過年當然要開油鍋做蛋散、油角、笑口棗、脆卜卜等炸物啦，炸得金黃酥脆就最好，願我們來年的生活像滾燙的油鍋一樣"紅紅火火"，一家人油油潤潤、富富足足才是真。

春節，即農曆新年，是最重要的開年節慶。在農耕社會，帝皇頒發"黃曆"，百姓們則按照曆法開展耕種、收割、祭祀、慶典等活動。而春節就代表冬季結束，新一年耕種開始。

在廣東，一踏入臘月，人們就開始逛花市，買年花、盆桔、揮春等"好意頭"的年貨回家佈置，同時開油鑊（鍋）炸油角蛋散，備好糖果餅餌、紅包利是，迎接上門拜年的親友。

農曆臘月廿三晚，掌管民間灶火的灶君要回天庭向玉皇大帝稟告人間善惡。人們都希望他能多多美言，保佑自家來年平安，因此用謝灶儀式為他踐行。

謝灶

廿三

煎堆碌碌，
金銀滿屋！

蒸糕寓意蒸蒸日上、發財高升。剛出爐的大發糕既是家中一個吉祥的擺設，也是招呼客人的美味。按照風俗，年廿五是蒸糕的日子。常見的蒸糕有年糕、蘿蔔糕、馬蹄糕、芋頭糕、鬆糕、大發糕等等。

蒸糕

蛋散好好吃！

"年廿八，洗邋遢"。過年前，人們要把家中打掃乾淨，將一切厄運、霉氣統統掃走，迎接新年。

喵喵~

洗邋遢

踏入正月的幾天就不再打掃了，不然請進家門的好運也被掃出去啦！

買年貨

春節前夕，家家戶戶都要購置寓意吉祥的
年貨。糖冬瓜、糖蓮子、糖椰角、糖馬蹄、紅
瓜子和各類的糖果皆是招呼親朋好友的美食。
而海味乾貨則是上門拜年的必備禮物。

煎堆

糖環

油角

煎堆炸物

賀年糖果

寓意團圓的糖冬瓜，
寓意年年都有的糖蓮藕，
寓意連生貴子的糖蓮子，
寓意馬到功成的糖馬蹄，
瓜子要染成紅色才夠喜慶

特級香花菇

野生乾花膠

海味乾貨

金香靚蠔豉

生曬海蝦乾

金黃泟瑤柱

連頭生菜

生菜諧音生財，連頭的
生菜，寓意有彩（菜）頭

鯪魚寓意年年有餘

鯪魚

芹菜

芹菜寓意勤力（勤快）

砸年習俗

　　"砸年"就是年卅晚的時候準備蔥（聰明）、蒜（好數口）、芹菜（勤快）、鯪魚（年年有餘）、豬手（就手）等好意頭的食物砸放在盛滿的米缸上度過年初一，祈求來年好運。

年卅晚把蔥、蒜、芹菜、鯪魚、豬手等有好意頭的食物放在米缸上，祈求來年好運。

大蒜

大蒜寓意好數口（好襟計）

生蔥

蔥寓意聰明伶俐

米缸

69

行花街

　　花街，又叫迎春花市。相比起嚴寒的北方，此時廣東正是春花繁盛，鮮花成了人們歲末採購的主角，除夕行花街習俗逐漸形成。

　　由農曆十二月廿八日至年三十深夜，花街就像個日夜不息的鮮花盛會，把迎春氣氛推向高潮。

　　《花市歌小序》記載："粵省藩署前，夜有花市，遊人如蟻，至徹旦。"

劍蘭

蘭葉形如長劍，廣東人認為可以擋煞辟邪。

銀柳

廣東話“銀柳”和“銀樓”諧音相似，寓意有錢又有房。

意頭花

菊花在粵語裏與“吉花”諧音，老廣一般買黃菊，諧音“旺屋”。

年桔

廣東話“桔”和“吉”同音，在家佈置盆桔代表來年吉祥如意。

球菊

72

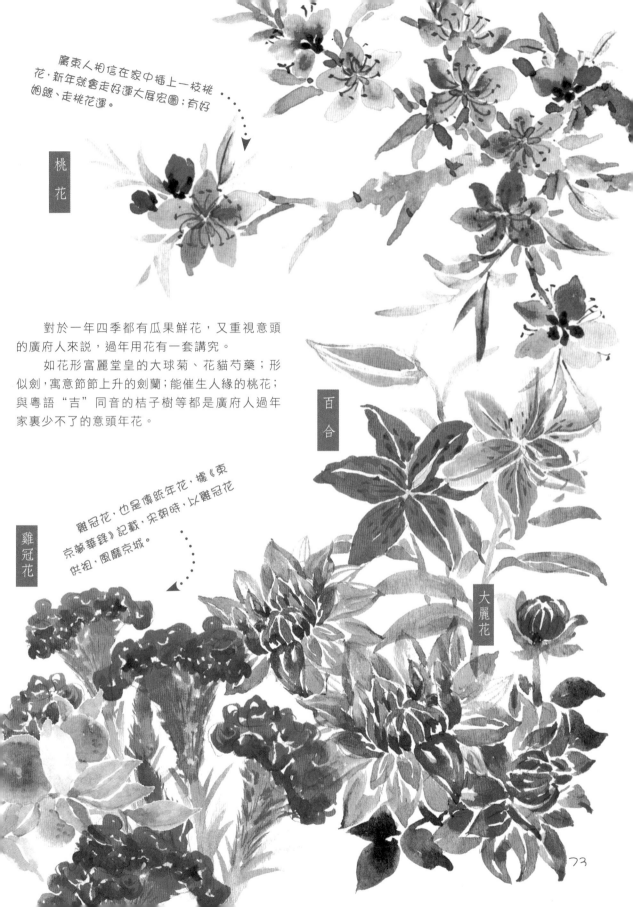

廣東人相信在家中插上一枝桃花，新年就會走好運大展宏圖；有好姻緣、走桃花運。

桃花

對於一年四季都有瓜果鮮花，又重視意頭的廣府人來說，過年用花有一套講究。

如花形富麗堂皇的大球菊、花貓芍藥；形似劍，寓意節節上升的劍蘭；能催生人緣的桃花；與粵語"吉"同音的桔子樹等都是廣府人過年家裏少不了的意頭年花。

百合

雞冠花

雞冠花，也是傳統年花，據《東京夢華錄》記載，宋朝時，以雞冠花供祖，風靡京城。

大麗花

73

年飯意頭菜

一家團聚吃飯是凝聚家族情感的重要活動，年夜飯就更加講究了，菜式除了美味可口，還要有各種吉祥的意頭。代表發財就手的髮菜豬手、代表年年有餘的蒸魚、代表盆滿缽滿的大盆菜，都是廣東人年夜飯裏面的常見菜式。有趣的是廣東人還會把食材裏面被認為不祥的字眼替換，如"絲（屍）瓜"改成"勝瓜"、"豬肝（乾）"改成"豬潤"、"豬舌（蝕）"改成"豬脷"等。

蛟龍出海

年年有餘

紅皮赤壯

金榜題名

發財就手

招財進寶

春曉報喜

恭喜發財，利是逗來

"初一人拜神，初二人拜人"。大年初二，家族中的長輩會給拜年的晚輩"派利是"（發紅包）。

廣東的"利是"一般為兩封，以示"好事成雙"，"大吉大利"，金額多少則不重要，重要的是長輩對晚輩的祝福和心意。

長長久久

甜甜蜜蜜

哈哈常笑

盆滿鉢滿

元宵節
Lantern Festival
◆ 團團圓圓 ◆

元宵節又叫"上元節"，中國的"元節"
分為上、中、下三元，上元節（元宵節）、中
元節（盂蘭盆節）、下元節（水官節），分別
代表了一年中三個重要的月圓之夜。在廣東地
區，元宵節大多在正月十五前後。

賞花燈，猜燈謎

　　正月就是元月，夜也叫宵，古人把一年的第一個月圓之夜（上元）定為節日，在這一夜燃燈、賞月、吃湯圓。《武林舊事》記載：元宵佳節，帝城不夜。春宵賞燈之會，百戲雜陳。"

　　廣州以"越秀燈會"和"文化公園元宵燈會"最為盛大，廣州花都、白雲等地還保留了投燈、擺燈酒、猜燈謎的習俗。去年添丁的人家，會在正月十三到十五期間到祠堂或土地廟掛上一盞花燈，然後擺燈酒宴請客人，感謝上天賜予的福氣。

照片提供：盧潔瑩

在廣東，不同地區的人們會根據當地的文化習俗對花燈進行改良，如以慈姑做裝飾的樂安花燈、展現順德魚鄉特色的大良魚燈、寓意添丁接福的洪梅花燈等等，正是因為有了這些豐富的地域特色，廣式花燈才會更加絢麗多彩。

花燈上也飾有慈姑，廣東人以慈姑的形象代表男丁

樂安花燈

大良魚燈

廣東樂安的花燈起源於明末清初，至今已三百多年。"觀音送子蓮花燈"是它的亮點，當地人謂"生仔燈"。祈求來年能得男丁。

蓮花燈造型優美，顏色鮮艷，使用竹篾做框，以絲綢、色紙、花邊、彩穗等材料紮作而成，花燈底部還掛上蓮藕的形象，象徵"流連富貴代代傳"。

魚燈見於廣東沿海地區的習俗。古時候海盜肆虐，相傳有神魚助人擊潰海盜，便有了舞魚燈的習俗。魚燈也象徵沿海地帶漁民的豐收。

順德大良的魚燈由佛山秋色變化而來，形態逼真，常見有火鯉、鱖魚、鱸魚、石斑、鯽魚、鯪魚、獅子魚等。

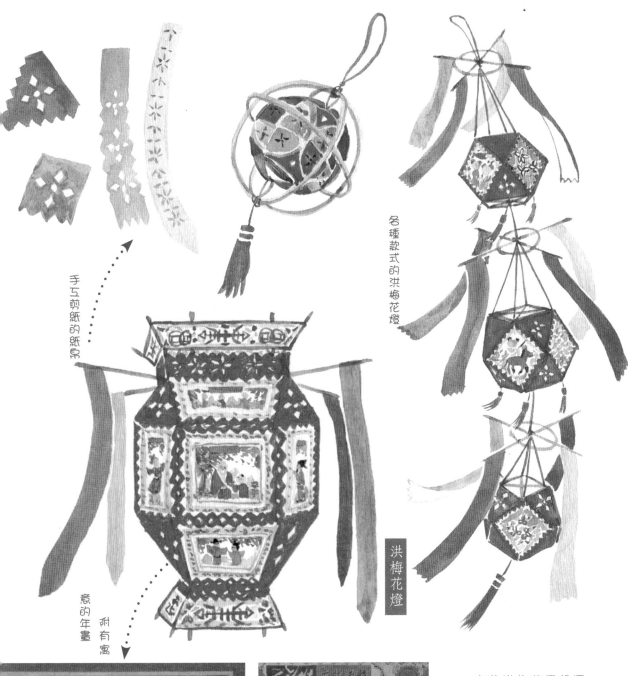

手工剪紙的紙貼

各種款式的洪梅花燈

洪梅花燈

附有寓意的年畫

　　東莞洪梅花燈起源於明末清初，喜用各種精美年畫裝飾，有天姬送子、壽比南山、麟送狀元等傳統典故。寓意家族人丁興旺，前途光明。

賞燈好去處

◎ 廣州花燈
✳ 地址：廣州市越秀區越秀公園
🕐 介紹：廣州市最大的花燈展。

◎ 佛山千燈湖
✳ 地址：佛山市千燈湖
🕐 介紹：千燈湖內總計有1300餘
盞景觀燈。

◎ 洪梅花燈
✳ 地址：東莞市洪梅鎮
🕐 介紹：洪梅花燈由來已久，是東
莞市現存極具嶺南傳統特色的
民間手工藝品之一。

◎ 大良魚燈
✳ 地址：佛山市大良鎮
🕐 介紹：大良魚燈是一種富
有水鄉特色的紮作工藝，
是佛山秋色的一個重要
分支。

◎ 六雙花燈
✳ 地址：高州市信宜
🕐 介紹：廣府文化、高涼文化、壯瑤文
化的結合體。

◎ 樂安花燈
✳ 地址：佛山市南海區
🕐 介紹：以"觀音送子蓮花
燈"為特色的傳統燈會。

翻屋企，吃湯圓

　　賞花燈過後，人們會去吃湯圓，寓意家庭
美滿，團團圓圓。但南北方對湯圓的做法卻大
有不同。北方講究的"搖元宵"是把餡心沾水
入餡後的糯米團重複搓滾，體積較大。而南方
講究的"包湯圓"則類似於包餃子的手法，用
的是糯米粉麵團和綿軟的餡料。

在老廣心目中『食埋湯圓先叫過完年』，一碗團團圓圓的湯圓，為新春畫上完美的句號。

83

廣府廟會
Yuexiu Temple Fair
◆ 廣府廟會，幸福相約 ◆

　　廣府廟會於元宵節在廣州都城隍廟前舉行。都城隍廟建立於明朝洪武年間，是嶺南地區級別最高的城隍廟，同一級別的城隍廟全國只有六座。城隍爺既是城池的守護神，也是陰陽兩界的判官。在百姓心目中佔據着重要的地位。

照片提供：廣府廟會組委會

文化巡演

2010 年，曾經關閉多年的廣州都城隍廟完成重修，對外開放。廣府廟會也在 2011 年正月十五啟動，它以非物質文化遺產為主題，融入了城隍文化、廣府美食、巡演巡遊、公益項目等，全方位詮釋和宣傳廣府文化。成為廣東人必須參與的新慶典。

巡遊表演一直是廟會的重頭戲，醒獅、飄色等民俗表演全匯聚於此，還有別具一格的南越王衛隊表演，以王者氣勢，為巡遊開路。

廣東饒平布馬舞　　照片提供：廣府廟會組委會

廣東飄色

都城隍廟在南越王宮遺址旁，每年廟會，氣勢非凡的南越王衛隊都會率先開路

廣州五羊仙人的傳說

每年廣府廟會均在北京路設非物質文化遺產展示區和創意市集，還安排非遺項目傳承人或藝人與市民互動，讓市民能親手參與作品製作，對傳統手工技藝感興趣的市民可以在現場觀摩學習。

非遺集市

照片提供：廣府廟會組委會

行通濟

Walk Through Tongji Bridge

◆ 行通濟，無閉翳 ◆

俗話有"行通濟，無閉翳"。"通濟"指的是位於佛山市的通濟橋，"通濟"二字本身也有"通而後有濟"的意思。因此，佛山人認為行過通濟橋，來年就事事順利。每年正月十六，家家戶戶提着風車、燈籠、風鈴、生菜等寓意吉祥的物件，浩浩蕩蕩行過通濟橋。

行通濟

橋

通濟橋建於明朝天啟年間，是佛山第一座大木橋。它橫跨佛山涌，北連金魚街，舊時佛山人出外謀生，總要經過這座橋。再加上兩岸設有南濟觀音廟和社壇，行通濟就成為佛山人重要的祈福習俗。

鬼仔戲

探索精彩戲碼背後的秘密，許多觀戲頑童兒時有翻開花布，

照片提供：馮　毅

手托木偶戲

打醮儀式

竹架、布簾搭建而成的臨時簡易戲棚

唱腔、對白、鑼鼓敲打，均由一個藝人完成

　　粵西素有"年例大過年"的説法。做年例，是廣東西部地區人群每年最隆重的節慶。從正月到二月，一直慶祝不斷，相傳這一習俗是與隋朝的巾幗英雄冼夫人有關。

〔木偶戲〕

　　年例期間，娛神、遊神、擺醮、擺宗台等各種酬謝神恩的儀式在各村落間輪番舉辦，其中娛神儀式中的木偶戲，最為有特色。木偶戲在當地又稱"鬼仔戲"，實際上是為了娛樂鬼神的活動。藝人們用竹架搭建簡易舞台，自己躲於花布幕後，高舉手中木偶，手舞足蹈地又唱又跳，上演一出出經典戲劇。

高州年例

擺宗台

粵西地區的年例節，沒有固定日期，從正月到二月，陸續有不同的村落在慶祝。人們為了向神靈祈求來年風調雨順、五谷豐登，在年例期間會以"擺宗台"形式招待神仙。數百張桌子齊集村中空地，各式貢品美食鋪滿桌面、香火蠟燭燒煙四起，場面壯觀。

運用於船內，隨後火燒化去
道長作法，將鬼怪及厄

藝人手繪出塔樓上的圖案
造型，黏貼上去，再放飛龍
塔樓樓上的圖案

藍色色調的用飛龍飛舞

花龍船

年例的高潮，當屬"花龍船"出遊。人們用竹子編搭成架，用彩紙製作成黑龍船，船上有五彩紙塔和紙人，繽紛艷麗地抬着出行。道士會作法，請神仙把妖魔鬼怪抓到紙船上，並送到村外的河邊燒掉，祈求瘟疫不要靠近村落。

擺宗台

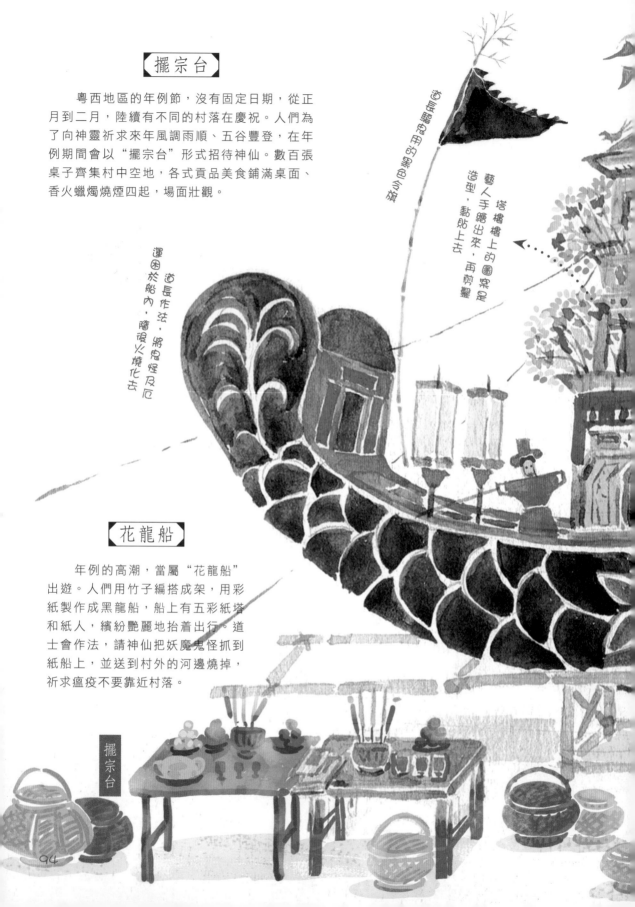

94

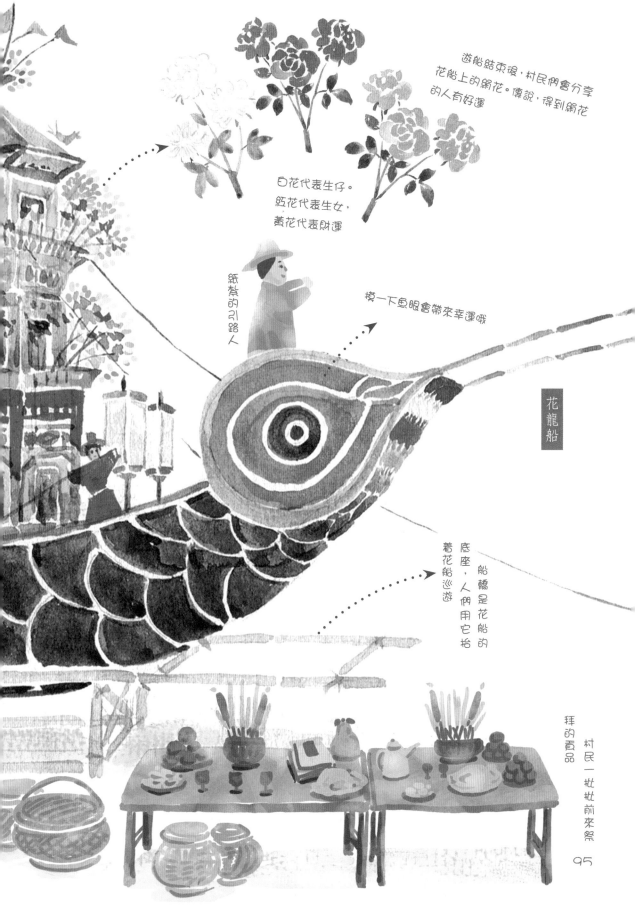

遊船結束後，村民們會分享
花船上的鮮花。傳說，得到鮮花
的人有好運

白花代表生仔。
紅花代表生女，
黃花代表財運

紙紮的引路人

掟一下魚眼會帶來幸運哦

花龍船

船轎是花船的
底座，人們用它抬
着花船巡遊

村民一批批前來祭
拜的貢品

95

清明節
Qing Ming
◆ 燒豬祭祖 ◆

清明祭祖於中國人有特殊意義。而在廣府
地區，清明習俗亦演繹出獨特的一面。

拜　山

　　"拜山"是廣府人對拜祭先人的俗稱。舊時人死後講求入土為安，先人入葬山墳，故清明要拜山。隨着城市發展和喪葬文化演變，現在的骨灰多放在龕位供奉，子孫在清明節去墓園祭祀，很少有上山拜祭。

發糕

青皮蔗

清明貢品

　　燒豬、水果、紙錢元寶、發糕麵點是廣府地區清明祭品的四大件：脆皮金豬，寓意子孫紅皮赤壯、宏圖大展；蘋果與甘蔗是標配，寓意平平安安、甜甜蜜蜜；紙錢元寶與時俱進，經典款有香燭冥幣，特別版有別墅豪車等；發糕麵點越發越高，寓意人財兩旺。"太公分豬肉""清明食蕎""食蔗要食到尾"都是反映清明"食"俗的廣府俚語。

燒肉

雞

乳豬

香燭

金銀衣紙

鮮花

酒水

端午節
Dragon Boat Festival
◆ 風情萬粽 ◆

舊時的龍舟是用名貴的鹿角製作而成

龍頭樣式很多，龍嘴含著「龍珠」了

《風土記》云：「仲夏端午，端，初也。」端午原是月初午日的儀式，後因「五」「午」同音，農曆五月初五成為端午節。端午節又名重五、重午，「五」為陽數，又名端陽。

龍頭和龍尾是可以拆卸的，起龍儀式後，安放在龍舟上。

龍舟儀式

起龍

採青

開光

睇龍船

　　早在百越時期，常受風浪、"水怪"威脅的廣府人已把船製成龍的式樣，以驅怪避凶。後發展出端午節"扒龍船（划龍舟）"的習俗，作為祭祀水神的一種儀典。廣府人用密度較大的坤甸木打造又窄又長的船身，平時藏於河底淤泥中，能妥善保存數十年乃至數百年。如今為了競速比賽，多改用較輕的杉木造較短的龍船，存放方式也依杉木特性改為懸掛。

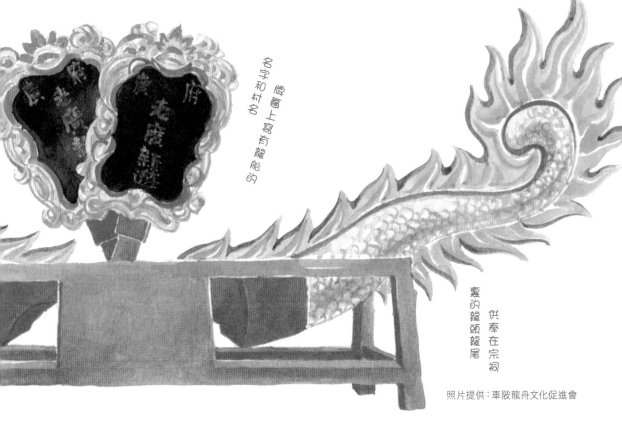

名船的龍頭上寫有圍起名和字的

供奉在宗祠裏的龍頭龍尾

照片提供：車陂龍舟文化促進會

賽龍

藏龍

散龍

99

龍船飛柬

　　散發着墨香的龍船飛柬雖與現代通訊格格不入，但那一帖紅紙黑字，始終傳遞着人與人的質樸情誼。如今車陂村還保留用寫、派龍船飛柬的方式，邀請兄弟村、老表村、友好鄰村前來划龍舟的傳統。

　　寫"飛柬"並不難，寫明活動時間地點，最後以祠堂堂號作為落款即成。

　　收柬人，則要遞上回柬表示參加"應景"，寫："謝 敬領 ×× 祠堂同仁鞠躬"，字裏行間古意盎然。

　　待到農曆五月初三"招景日"，龍船飛柬會貼到祠堂門前，整一牆充滿着紅通通的喜慶。

龍船東

誠邀
貴村飛龍端午節
期間光臨
×× 村同仁敬約

謝
敬領
×× 村同仁鞠躬

龍船飛柬

鞭炮

神龕
村民把寫好的
『淨水符』貼在船
上供奉的神龕

禾青
在龍頭、龍尾的位置
選取最壯的禾苗，供放

錦旗

勝

拜一下，上個香，
再在龍船頭尾名放一束
青綠的禾苗

　　每年農曆五月，廣府龍船就會輪流"做東"和外出拜會，做東的叫"招景"，前往拜會的叫"趁景"。數十上百條龍船聚集一起，如同龍船趁墟，群龍聚首，爭奇鬥艷，龍船手花式表演贏得岸上觀眾的歡呼。

照片提供：車陂龍舟文化促進會

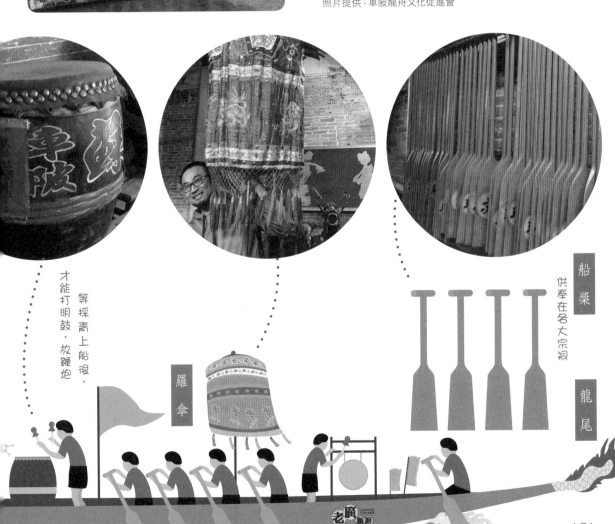

等採青上船後，
才能打明鼓，放鐘炮

羅傘

船槳
供奉在各大宗祠

龍尾

在龍船上是競爭的對手，在餐桌上是同飲的老友

舊時代的龍船飯，女人不能坐上席。今天的龍船飯，男女老少不拘一格，共聚一堂

龍船飯

　　清代屈大均在《廣東新語》中描述："歲五六月間鬥龍船。凡出龍船之所曰埠。鬥得全勝還埠，則廣召親朋燕飲，其埠必年豐人樂，貿易以饒雲。"這便是賽龍舟後的"龍船飯"。

　　龍船飯熱鬧親民，村裏聘請多名烹飪高手煮"大鑊飯"，菜式多以雞、鴨、鵝、魚、豬等家常菜為主，並不以珍貴的食材攀比。村中空地筵開數百席，坐滿一圍就可以開飯了，叔伯兄弟歡聚一堂，喝酒吃肉，樂也融融。

　　舊時的龍船飯不食海鮮，因為人們認為蝦兵蟹將可以幫助龍船奪冠，今日人們則不那麼講究了，魚蝦蟹照吃也可，更有"盤龍鱔"等意頭菜式。

龍船飯

龍船飯菜單

白切雞——春曉報喜
清蒸魚——年年有餘
白灼遊蝦——快樂笑哈哈
豉汁蒸白鱔——盤龍鱔
脆皮燒鵝——紅紅火火
叉燒燒肉——紅皮赤壯
髮菜豬手——發財就手
芹菜炒肉——勤勤快快
上湯腐竹——富足安康
鮑汁生菜——富貴常春
冬菇菜心——招財進寶
腰果炒肉丁——龍船丁

龍船餅

　　龍船餅能迅速補充體力，而且餅不易變質。

　　此外，只要有龍船前來"趁景"，村中長老都會敲起銅鑼，熱情招呼他們靠岸吃龍船餅。龍舟飯是扒龍舟前吃的飯，材料用糯米加上臘肉丁、蝦米、墨魚丁、香菇粒做成，非常"頂飽"，能讓人划船的時候更有力氣。

龍船餅

盤龍鱔

龍船丁

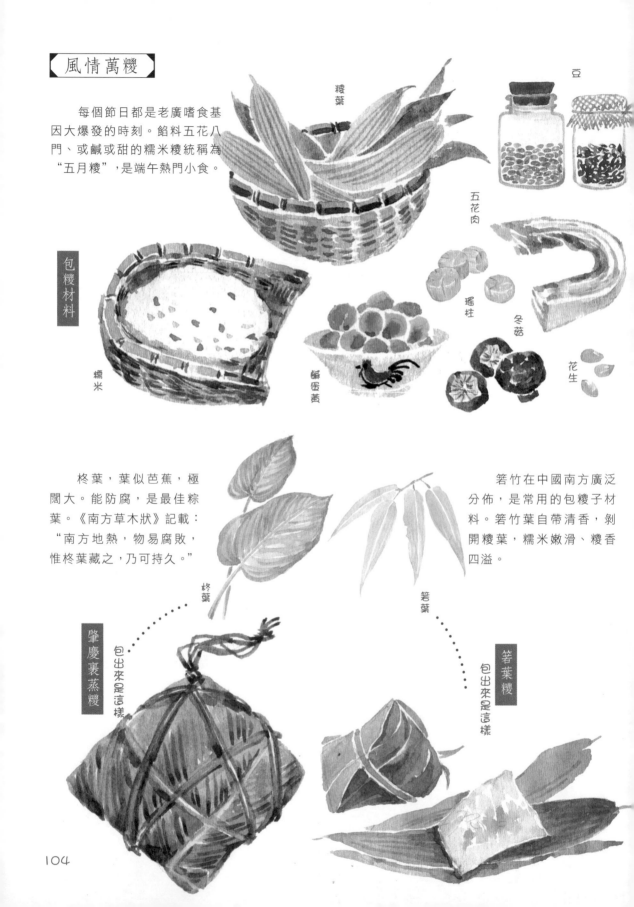

風情萬糉

每個節日都是老廣嗜食基因大爆發的時刻。餡料五花八門、或鹹或甜的糯米糉統稱為"五月糉",是端午熱門小食。

糉葉

豆

五花肉

瑤柱

冬菇

花生

鹹蛋黃

包糉材料

糯米

柊葉,葉似芭蕉,極闊大。能防腐,是最佳粽葉。《南方草木狀》記載:"南方地熱,物易腐敗,惟柊葉藏之,乃可持久。"

箬竹在中國南方廣泛分佈,是常用的包糉子材料。箬竹葉自帶清香,剝開糉葉,糯米嫩滑、糉香四溢。

柊葉

箬葉

肇慶裹蒸糉

包出來是這樣

箬葉糉

包出來是這樣

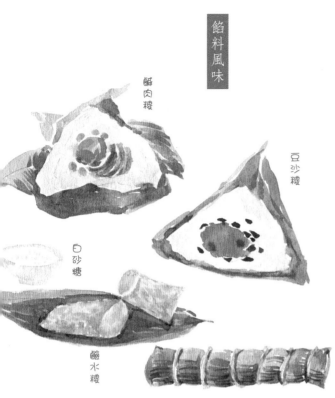

餡料風味

鹹肉糉

豆沙糉

白砂糖

鹹水糉

鹹

廣式鹹肉糉餡料主要是腌製好的五花肉、鹹蛋黃、綠豆紅豆為輔。五花肉的油浸入糯米，肉香和糯米香完美融合。升級版本還會放入花生、香菇、板栗、叉燒等配料。

甜

鹼水糉用"鹼沙"製作，"鹼沙"是由從化山區名為"鴨腳木"的野生植物之葉，經加工得出的咖啡色結晶物。按分量開好鹼水泡浸糯米，做成的糉子金黃透明，吃時蘸以白糖或蜜糖，別有風味；也有鹼水粽加入蓮蓉或豆沙作餡。

在蕉樹廣種的廣府水鄉，漁民砍剝大蕉的蕉葉以一開四，以梗做繩，便可包紮端午糉。

中山郊野多蘆兜，古時人們用其葉裹糉。包一個蘆兜糉只用一片蘆兜葉子，單個重量可達三四斤，粗若手臂。

恩平人裹糉，從深山採摘糉葉，用野生鷥古做裹糉繩。他們把鷥古割回來用針去刺，再撕成細條，曬乾後，放入鍋中煲至柔軟堅韌，再漂洗乾淨使用。這樣的裹糉有獨特香味。

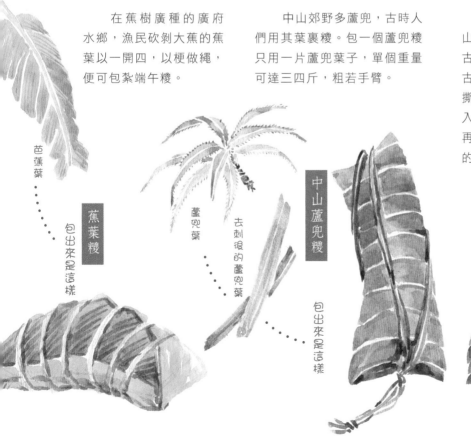

芭蕉葉

蕉葉糉

包出來是這樣

蘆兜葉

去刺後的蘆兜葉

中山蘆兜糉

包出來是這樣

恩平裹糉

107

乞巧節
Double Seventh Festival
◆ 七夕得巧 ◆

　　傳說農曆七月初七是牛郎織女相會之時，稱為"七夕"，而凡間婦女也向織女乞求智慧、巧藝與美滿姻緣，所以又稱"乞巧"。

　　廣州是目前國內乞巧習俗保留最完整且特色最鮮明的地方，涵蓋擺巧、拜仙、乞巧、吃七娘飯、看七娘戲等諸多內容，形成芝麻香、鵲橋景觀、七娘盆、七夕公仔等傳統工藝作品。

姐，心靈手巧的資深"巧姐"在製作節日用的擺巧。

把七支針插在蓮藕上，女孩對着月光穿針鍊眼力，努力成為合格的"巧姐"

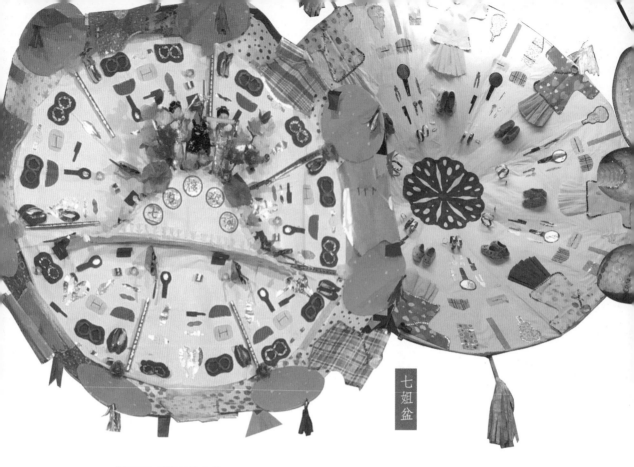

七姐盆

乞巧習俗

　　擺七娘：陳列擺設乞巧藝人的手工作品。

　　拜七娘：焚香點燭，遙對星空跪拜，隨後，巧娘手執彩線對燈影，穿針，能一下子穿過七枚針孔的人就叫"得巧"。

　　送七娘：七月初八，焚燒貢品，恭送七娘。

　　廣州天河區珠村，還保留着相對完整的乞巧習俗。

米粒做花，珠片做瓜果。

薇龕花籃

蔥菇、荸薺、菱角、花生、
馬蹄、蓮藕的小模型。

珠片繡花鞋

擺七娘

七夕鵲橋之會

廣州珠村七夕擺巧

七月半
Hungry Ghost Festival
◆ 盂蘭勝會 ◆

廣府人的盂蘭勝會，戲棚內演出著廣東大戲，常見的例戲包括《八仙賀壽》、《跳加官》、《仙姬送子》等寓意吉祥的劇目

相傳農曆七月，是全年陰氣最重的月份，相傳鬼門關會在這天打開⋯⋯

但其實，在遠古的農業社會，七月半正好是初秋豐收時節，人們用新收成的糧食做祭祀活動，以感謝祖先神靈的庇佑。後又與各種信仰結合，發展成了道教的"中元節"、佛教的"盂蘭盆節"和民間的"鬼節"。

道教素有"上、中、下三元"之說，農曆七月十五日就是中元節，是地官清虛大帝大赦鬼魂的節日。

佛教稱七月半為"盂蘭盆會"，"盂蘭"是梵文，意思是"救倒懸，解痛苦"。相傳佛陀的弟子目連，得知自己的已故母親在"餓鬼道"中受苦，便請求佛陀解救。佛陀就把僧人的"自省日"改為超度受苦鬼魂的法會。

而民間俗稱的"鬼節"，是受各種宗教影響，認為七月半這段時間遊魂野鬼都在人間遊盪，除了為已故親人"燒衣"之外，人們也會盡量不在夜間出行，以免衝撞陰氣。

盂蘭勝會

　　這個與陰間鬼魂相關的日子在香港卻是一個熱鬧非凡，充滿民間風俗的節日。各地居民，各村村民在空地、球場、廣場搭竹棚，立花牌，設神案，祭大士，演大戲，辦齋宴⋯⋯這就是盂蘭勝會。

　　盂蘭勝會的傳統是由潮汕人在上世紀五十年代帶到香港，已延續逾半個世紀，後陸續被香港的廣府人、客家人等接納改良，形成風俗各異的盂蘭勝會。

大士王

　　盂蘭勝會一定不能少的就是一尊巨大的紙紮神像——大士王。大士王又俗稱"鬼王"。是陰間諸鬼統帥，也負責在七月半管理鬼魂，合理分配鬼魂的領受的香火紙錢。所以人們在拜祭先人之前一定要拜過這位"大士王"。

　　所謂各處鄉村各處例，大士王也是因各種不同文化需求變化出不同的樣子。有青面獠牙的潮汕式大士王，也有長着犄角的海陸豐式大士王，更有肚子圓鼓鼓，臉如猴子樣的廣府式大士王。

　　紙紮的大士王被供奉在一個臨時棚架內，稱為"大士台"，一邊設有可供人們祭拜自家祖先的"附薦台"，另一邊則祭祀無主孤魂的"孤魂台"。

大士王身邊供奉着精美的七彩紙祭品，有黑白無常、鬼卒、房屋等，盂蘭勝會結束時，會隨大士王一起化去

黑白無常

廣府式大士王

廣府式大士王不僅不可怕，他也有像猴子一樣的戲劇臉譜，圓滾滾的肚子上面還有一隻小觀音，寓意他是觀音大士的化身

潮汕式大士王

潮汕式大士王是一副威武嚴明的大將軍形象。青面獠牙，一看就知道他很能震懾忠神

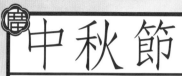

中秋節
Mid-Autumn Festival
◆ 望月思故人 ◆

　　中秋佳節，小朋友提着碌柚燈在街上踏歌而行，大人們忙着掛起串串燈籠……如今，很多風俗已經在歲月長河中銷聲匿跡，唯獨飲食文化還滋養着世世代代的廣府人，"以食銘史"的精神可見一斑。

一家大小在天台
賞月過中秋節是廣州
人的集體回憶。

19

廣式月餅

炒田螺

食碌柚

煮芋頭

剝菱角

品味中秋

　　月餅象徵團圓，是中秋佳節必備食品。廣式月餅皮薄鬆軟、口感細滑、品類繁多，即使最普通的蓮蓉月餅，也能發展出蛋黃蓮蓉、雙黃白蓮蓉、欖仁蓮蓉等多種款式，更別説是如今走俏市場的海味月餅、水果月餅和冰皮月餅。

　　田螺是廣州家庭的中秋美食，炒田螺，肥美明目。一家人聚一起，拿着田螺，對月一舉，再送到嘴邊一啜，滋味無窮。

　　芋頭是多子生物，象徵母子團圓。此外，"芋頭"與"護頭"諧音，闢邪消災。中秋節煮芋頭寓意合家團圓。

　　菱角代表"聰明伶俐"，如果家裏有小孩，中秋節就剝菱角啦。

耍碌仔

手紮燈籠

　　碌柚外形渾圓，象徵團圓。同時，"柚"與"佑"諧音，寄寓月亮護佑的美好意願。"越碌越柚（有）"，有滾利發財的寓意，而且，它是中秋當季水果，應時應節。

玩燈籠

　　中秋節有掛燈籠、玩燈籠的習俗。小朋友晚上提着發亮的燈籠在街上走，營造出濃濃的節日氣氛。

　　"耍碌仔"曾十分流行，以碌柚殼（柚子殼）刻通花，內懸燈，兒童一邊提着柚燈成群結隊遊樂，一邊唱着"耍碌歌"："耍碌仔，耍碌兒，點明燈。識斯文者重斯文，天下讀書為第一……"

舞葉龍

在廣州西村、增步、南岸一帶，中秋夜曾有舞葉龍（又作舞火龍）習俗。師傅用榕樹枝葉紮成三四丈長的青龍，用兩個芋頭作龍眼，再斬兩條樹丫作龍角，由十幾個後生仔舉着它，穿街過巷，邊舞邊唱。

眾人則爭着拜龍，把點着的香燭插在龍身上，使其變成一條流光溢彩的火龍，如今廣州白雲區少數村落仍保有此習俗。

重陽節
Double Ninth Festival
◆ 登高望遠 ◆

　　九九重陽，廣府素有登高、掃墓傳統，又因九是最大單個數字且與"久"同音，故重陽亦有敬老愛老、安康長壽之意。

　　舊時廣府人會在紙鷂上寫"一年不辛勞，此日需消除"等字樣，等紙鷂升空便剪斷線，任它飛走，寓意厄運消逝。

登　高

　　雖說廣州沒有名山大川，但這絲毫不妨礙廣州人熱愛重陽登高，正所謂"山不在高，有仙則靈"，廣州白雲山、帽峰山、天堂頂均為重陽登高熱點。

秋祭

Autumn Festival

◆ 悅動秋色 ◆

秋祭是廣東佛山特有的民俗節日。千百年來，每逢秋季農業豐收之時，佛山人便開始在佛山祖廟舉行秋祭。活動當天除了有儀仗入場、上祭品、敬香、切燒豬等傳統重陽節祭祖習俗以外，還有國家級非遺項目——佛山秋色看哦！

佛山秋色

作為秋祭之後的大型巡遊表演，佛山秋色具有嚴格的形式和內容，包括表演藝術和手工藝術兩大類。表演藝術上以車色、馬色、飄色、地色、水色、燈色、景色等七色來體現各種巡遊元素；手工藝術上則體現在秋色棧作、秋色批銷、秋色針刻、秋色紙撲、秋色黏貼、秋色雕塑上。

獅醒

色秋山佛

菊會
Chrysanthemum Fair
◆ 菊花盛會 ◆

　　位於珠三角中南部的中山小欖，每年深秋時節便會舉辦大型菊會。中山小欖的賞菊文化由來已久，最早可追溯到七百多年前，宋末元初時期。那時候中原戰亂，人們紛紛避難南遷，途經中山小欖，時值金秋，卻見這裏土地肥沃，氣候溫和，黃菊遍野，於是就在小欖墾荒定居下來了。這批南遷來的人們，將中原人對菊花的偏愛之情和菊文化帶到了小欖，自此，小欖人便與菊花結下不解之緣。

　　小欖愛菊、藝菊、鬥菊、賞菊，清代小欖人已常舉辦各種菊會，這一習俗一直延續到了今天。每年十一月的小雪時節，盛大的菊會在小欖如期舉行，這是一場以菊花為主題的嘉年華。

　　菊會中的一大特色是藝菊，菊藝師用菊花做出各種奇妙的盆景。有花團錦簇的大立菊，有高聳數米的菊花塔，有瀑布飛落似的菊花牆，也有威猛神獸樣的造型菊……

大立菊是中國菊藝的主角，其特點是花多，花朵大小整齊，花期一致，富麗堂皇

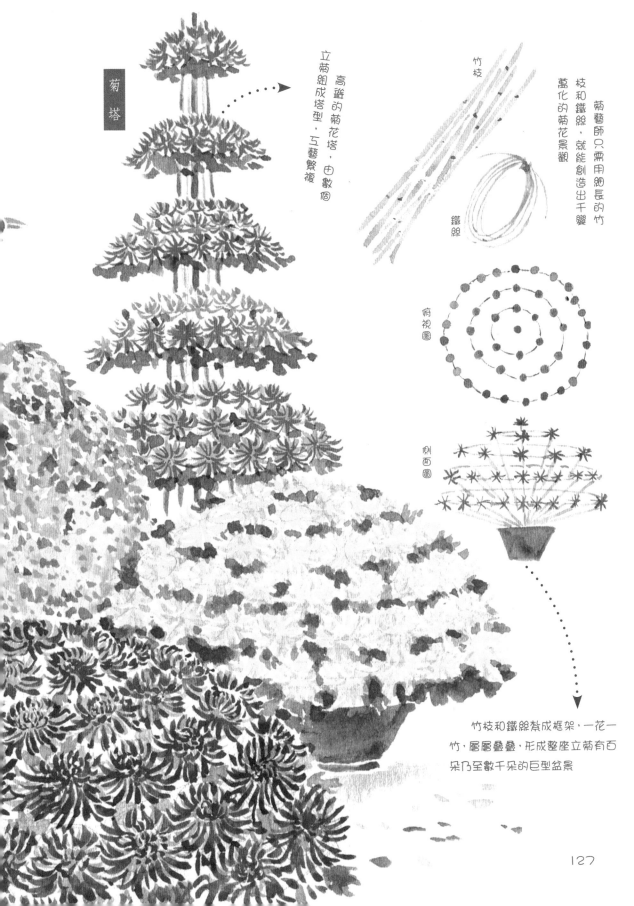

菊塔

立菊組成塔型，工藝繁複

高聳的菊花塔，由數個

竹枝

鐵絲

菊藝師只需用細長的竹枝和鐵絲，就能創造出千變萬化的菊花景觀

俯視圖

側面圖

竹枝和鐵絲紮成框架，一花一竹，層層疊疊，形成整座立菊有百朵乃至數千朵的巨型盆景

127

菊花食

　　小欖人對菊花的喜愛已經不限
於賞菊藝菊了，他們有着廣東人獨
有的吃貨氣質，把菊花也作為食材，
創造出各式菊花美食。

　　在吃這件事上，講究的小欖人
並不是隨便甚麼菊花都吃，他們培
育出一種清甜無澀味的菊花，專供
餐桌上食用的。

白糖 ＋ 菊花糠

菊花糠

　　説起菊花美食，就不得不提菊花糠。菊花糠，是製作
菊花美食的重要材料。

　　小欖盛產的黃地菊特別香，清甜沒有苦澀味。摘取新
鮮飽滿的地菊，去掉帶苦澀味的花蕊，取花瓣風乾。乾花
瓣伴着白糖，放在鍋裏熬製。待冷卻後，菊花與糖漿凝固，
以鏟壓碎，成為花瓣碎，小欖人稱之為"菊花糠"。這是
一種能讓食物增添天然花香和甜味的佐料。

"黃白蓮翼"、"紫鳳牡丹"，
都是可以新鮮食用的菊花

菊花肉

秘製的肥豬肉

菊花肉是中山的傳統名菜。肉是全肥的肥豬肉，切成小薄塊，用糖腌製至半透明，澆上糖漿，最後蘸滿半鮮半乾的菊花糠就完成了。吃起來，肥肉不覺膩，甜絲絲，滿口花香，風味獨特。經過包裝處理的菊花肉還成為了小欖的名手信呢！

菊花魚球

鯪魚腮

起魚肉打膠，加入菊花瓣、臘肉等配料做成魚球

中山盛產鯪魚，用鮮美的鯪魚肉和清香的菊花瓣攪拌至起膠，擠成肉丸，下油鍋炸至金黃色，再鋪上新鮮菊花瓣同吃，是一道充滿南國風味的菜餚。

鯪魚腮

菊花水欖

菊花水欖是中山的特色甜品。水欖其實就是湯圓，但因為形狀長長的像橄欖，浸泡在湯水裏，故稱"水欖"。傳統的"水欖"以紅豆沙或麻蓉為餡料，有的還加點菊花肉在裏面。水欖盛到碗內，撒上一撮金黃的菊花糠，軟糯香甜，清新不俗。

紅豆沙 ＋ 菊花糠

冬至
Winter Solstice Festival
◆ 冬大過年 ◆

在廣府人眼裏，"冬大過年"，因為在農耕社會，要在冬至安排農事生計，例如"冬至出日頭，過年凍死牛"、"乾冬濕年"等，就是根據冬至推測過年時的天氣狀況。人們在冬至吃好喝好就當是祈求風調雨順，進而演變為重要節日。

打邊爐

舊時，人們過冬至會敬神、拜祖先，現在簡化了，一家人「打邊爐」、吃團年飯，就當做節了

臘味飯

臘味飯是冬至經典美食，用砂煲煮飯，也叫"煲仔飯"。煲仔飯做法簡便，米香中帶着肉香，這種特有飯味令人食慾大增。廣州的街頭隨處都有煲仔飯舖，香氣四溢。

禾谷醮
Cereals Festival
◆ 羅定醮會 ◆

天燭燈

醮是古代的祀神祭禮，舉辦大型醮會要搭大棚和戲台、點天燭燈等。醮會內容包括有扮飾巡遊、沿途歌舞、祭神、跳禾樓、演社戲、搶花炮、上刀山、舞獅子、舞龍等多種傳統藝術活動。醮會期間，家家殺雞祭神，款待親朋。

每年秋收後的禾谷醮在羅定已有 500 多年歷史，每當醮會，鄉親們都歡聚一堂，齊齊"做醮"。

醮會前一天，社壇前以竹竿掛起有蓋帽的風燈，是為「天燭燈」，指引遊魂野鬼前來享祭

生糯米

132

小寒
Lesser Cold
◆ 糯意綿綿 ◆

俗語云："小寒大寒，無風自寒。"小寒、大寒吃糯米飯御寒，是廣府傳統。糯米有補氣、散濕、驅寒的功效，堅信"藥食同源"又追求香味和口感的廣府人更拌入臘味、蝦米、乾魷魚、冬菇等煮成香噴噴的糯米飯，既暖胃、又滋補。

芫荽

蔥

花生

蝦米

冬菇

拌料切丁

拌料豐富，有廣式臘味、冬菇、蝦米等食材

臘味

生炒糯米飯補中益氣，尤其適於產後調理，治療產後貧血

生炒糯米飯

第五話・民間信仰

廣府人有一句俗話"舉頭三尺有神明"，從北帝、龍母到何仙姑、黃大仙，再到關帝、葛仙……天上地下，三教九流，幾乎無所不攬。從表面上看，好似一道過分豐盛的大雜燴，其實，這種"泛靈信仰"包含了老廣對生活無常的憂慮。更多時候，廣府人拜神只為求個心安，所謂"拜得神多自有神庇佑"。

廣府之神
Genie Of Canton
◆ 廣府之地，滿天神佛 ◆

以鬼神為主的民俗信仰源於遠古，廣東人在山海之間這片獨有天地裏，既保留了一系列俗神，又塑造了自己的神，更不斷更新外來神，從而形成"滿天神佛"的信仰體系。於是，深受信仰影響而形成和演變的民間風俗就跟着豐富起來：

例如俗神系列裏，嶺南專屬的五谷神信仰就為廣東廣州留下了地標五羊雕像、五仙觀，拜祭五穀神則成為別樹一幟的廣府習俗；

又如以"生前有功於人，死後為神"作準則的造神系列中，古越族首領冼夫人因致力民族團結和平息南方戰亂而被稱"嶺南聖母"，她既記錄了嶺南歷史，也蔭護着嶺南後代的繁衍；

此外，對眾多"普及級別"的神仙，廣東人還會用自己的拜祭儀軌將其本土化……

總之，一句"入屋叫人，入廟拜神"可謂盡顯廣府傳統文化之精髓。

 屬性：土

 司掌：土穀地農業

 法寶：五種子

 坐騎：五羊

 技能：保五穀豐登

 邊度睇：五仙觀

周夷王時，南海有五仙人，衣各一色，所騎羊亦各一色，來集楚庭。名以穀穗一莖六出，留與州人，且祝曰，願此地永無荒飢。
——摘於《廣東新語》

相傳很久以前，廣東還是一片荒蕪之地，土地貧瘠，農業發展不起來，住在這裏的人們只好在山林裏挖野菜、剝樹皮充飢。

這時，在廣東南海，出現了五位身穿紅、橙、黃、綠、紫五色彩衣的仙人，他們騎着五色仙羊，手持一莖六出的穀穗，降臨在廣州，把穀穗送給了當地的人們，並祝願此地永無飢荒，然後又飄然離去。人們把穀種撒向大地，荒蕪的土地長出了金黃的穀穗。南粵大地從此風調雨順，五穀豐登。

為了感激這五位仙人的恩澤，人們便在仙人們降臨的地方修建了一座“五仙觀”，把仙人們稱為“五穀神”。而仙人們當年騎着的五隻仙羊則化成了石像留在了廣州的山坡上（今越秀公園西側），守護這片土地的安寧。從此，廣州便有了“羊城”與“穗城”的稱謂。

五仙觀
祭祀五穀神的五仙觀建於明洪武十年（1377年），位於現廣州市越秀區東福西路。
五穀神

土地公

　　土神，俗稱"土地公"，兼管陰陽二界，是一方土地的守護神。其職位雖卑，卻最貼近百姓生活，備受廣府人家敬重。

　　農曆二月初二為土地公生日，俗稱"伯公誕"，可見大家對他有多親近！廣府舊俗會在這天進行拜祭。現在仍有不少人在家中供奉土地公，以求祈福避災。

⬠	屬性：土	🐎	坐騎：無
⚱	司掌：鄉里戶籍	☯	技能：保平安，添丁進口
🍶	法寶：拐杖	📍	邊度睇：各地土地廟

城隍爺

　　城隍（爺）是民間信奉的城池守護神，也被視作監察當地官吏功過是非的正義之神。廣府城隍廟始建於明洪武三年（1370年），清雍正時期升級為管轄全省的都城隍廟，盛極一時。現位於廣州忠佑大街。

　　古代的城隍廟是慈善機構，經常派發生活必需品；亦是民間法院，為民眾排解糾紛；同時也是大劇院，演繹忠孝節義的傳統故事；此外還是窮苦人家的救濟所。

　　現在的廣府廟會，也會請城隍爺出來巡遊。農曆七月廿四為廣州都城隍的誕辰，古人會以打地氣（在城隍誕前一晚到廟裏，通宵坐臥，以吸取廟裏的地氣，以求家宅平安）、演神功戲等方式慶祝。

屬性：土　　　　　坐騎：無

司掌：人民　　　　技能：保社稷，嚴明綱紀

法寶：功過簿、判官筆　　邊度睇：都城隍廟

南海神

　　南海神，是中國"四大海神"之首。他其實就是我們常說的火神——洪聖王祝融。因在五行理論裏，南方屬火，南海也就順勢歸入祝融的勢力範圍了。南海神最初只是保護海上通航的自然神，後在官方行為下演變為多功能神，皇族、民間各有所祈。

属性：水、火　　　　坐騎：無

司掌：南海，火　　　技能：盪魔滅妖，護持正道

法寶：水、火　　　　邊度睇：南海神廟

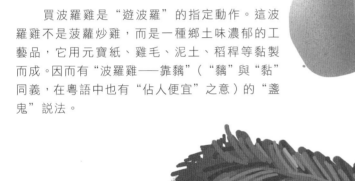

波羅粽

波羅粽用芭蕉葉包紮實。普通端午粽切開就散，但波羅粽可以切片吃。舊有風俗，買了波羅粽，要掛一個在小孩脖子上，寓意豐衣足食。

蓮葉包好粽後，放在鐵鍋或大缸大甕裏，用木柴明火慢煮八小時，使餡料融為一體。

波羅蜜

波羅蜜是波羅樹的果實，是古時舶來的品種

買波羅雞是"遊波羅"的指定動作。這波羅雞不是菠蘿炒雞，而是一種鄉土味濃郁的工藝品，它用元寶紙、雞毛、泥土、稻稈等黏製而成。因而有"波羅雞——靠黐"（"黐"與"黏"同義，在粵語中也有"佔人便宜"之意）的"盞鬼"説法。

雞毛

糨糊

元寶紙

泥土

波羅雞

五子朝王

農曆二月十一至十三是南海神誕期，又以十三為正誕。每年廣州的南海神廟都要大辦二月"波羅誕"廟會。俗語有云"第一遊波羅、第二娶老婆"，可見誕會影響之大。而"五子朝王"是"波羅誕"的重要環節。

海不揚波

南海神廟

傳説南海神有五個兒子，平時都在各自的神廟裏享受民間香火。波羅誕之日，鄉民會把他們的神像抬回南海神廟祝壽，稱為"五子朝王"，也稱"祭海神"。其中外號"硬頸三"（"硬頸"意為脾氣倔強）的三兒子，因為脾氣壞、愛唱反調，每年都是背向進廟的。

浴日亭

北宋紹聖初年，蘇東坡謫居惠州時，途經南海神廟，留宿海光寺。次日清晨，在主持陪同下，登上浴日亭觀日出，寫下七言律詩。

始安

外號「硬頸三」

南海神的三兒子，

北 帝

　　北帝又稱真武帝君或玄武大帝，是統領北方的道教大神。因北方在五行中屬水，所以北帝統領所有水域，被當水上保護神來供奉。嶺南河網密集，以舟艇為主要交通工具，為免受險，人們都求神明庇佑。

　　農曆三月初三是北帝誕，佛山祖廟會有祭拜、大戲、打醮等傳統活動。信眾還會請北帝的神像出遊，遊神隊伍，由龍獅開道，浩浩蕩蕩在鄉中繞行。廣州西關、番禺等地亦有相關巡遊活動。番禺沙灣更以規模盛大的飄色賽會為北帝賀壽。

屬性：水		坐騎：玄武	
司掌：北極六天		技能：盪魔滅妖，護持正道	
法寶：七星劍		邊度睇：佛山祖廟　廣州仁威廟	

龍母

自秦至今，悦城龍母信仰已有兩千多年歷史。龍母是中國西江流域頗具特色的一位女神祇，其流傳之廣，影響之大，不亞於海神娘娘媽祖（天后）。

相傳龍母姓溫，某天在西江邊拾到一隻卵，孵出五隻小動物，能為溫氏捕魚。五物長大後竟變成頭角崢嶸、身皆鱗甲的真龍。溫氏讓它們施雲播雨，保境安民。此後人們便稱溫氏為龍母。後來龍母仙逝，五龍悲痛欲絕，將她葬於北岸的珠山下。建廟名曰"孝通廟"，後改為"龍母祖廟"。

龍母祖廟建於秦漢期間，位於肇慶市德慶縣悦城鎮五龍山下的悦城河與西江交匯處。龍母誕為農曆五月初八，其間有大批民眾前往上香拜祭。

屬性：水		坐騎：龍	
司掌：降雨，河道		技能：保佑風調雨順，農漁豐收	
法寶：龍頭杖		邊度睇：悦城龍母廟	

媽　祖

媽祖又叫"天后"，能保佑人們海上平安和漁獲豐收。媽祖信仰源自宋朝，明清時隨沿海移民外遷而成為世界著名海神之一。

媽祖確有其人。據考證，媽祖姓林，小名默娘，出生於宋代福建莆田湄洲島，自幼聰明伶俐，擅長占卜。史籍説她"能預言人禍福，關心履救"，所以她死後民眾就把她當保護神供奉。

屬性：水

坐騎：無

司掌：海事航海

技能：保海上平安，漁獲豐收

法寶：玉如意

邊度睇：南沙、澳門、香港

澳門的外文名稱源於媽祖。1553年，葡萄牙人從媽祖閣附近登陸後，向一個當地人詢問這裏的地名。由於身處媽祖閣旁，又臨近港口，當地人便説這裏叫媽港或者媽閣。聽不懂中文的葡萄牙人就把這兩個相似的讀音譯成葡萄牙語 Macau，英語則翻譯為 Macao。

媽祖閣坐落在澳門半島的西南面，距今已有五百多年的歷史。在明清時期，從西方來華的商船，都要先在澳門登岸領取入境牌照，因此，這座背山面海的媽祖閣就成為西方人心目中的澳門標誌。在清代不少外銷畫家都喜歡把媽祖閣畫進畫面。

清朝時期的媽祖廟　圖片來自蓋蒂博物館

華光大帝

　　華光大帝,相傳他姓馬名靈耀,因生有三隻眼,故又稱"馬王爺三隻眼"。他是真武大帝的部將,護法天界。相傳華光大帝用火燒死鬼王,並以三昧真火煉成"三角金磚",降魔伏妖,故亦稱他"火神爺"。

　　農曆九月廿八是華光誕,粵劇戲班會在這天舉行祭祀活動。作為粵劇發祥地,廣州西關,有盛大的巡遊。粵劇博物館也有粵劇演出。在佛山古鎮,祭奉華光亦甚為隆重,演戲酬神達三四晝夜。

屬性:火　　　　　　坐騎:無

司掌:梨園戲台　　　技能:降魔伏妖,免除火災

法寶:三角金磚　　　邊度睇:華光廟

粵劇伶人奉華光大帝為祖師爺。相傳初時，廣府人做戲不避忌諱，得罪天庭，玉帝命華光燒毀所有戲台。華光大帝於心不忍，於是托夢各戲班班主，該如何祭祀，以保梨園平安，又吩咐戲班在戲台前燒黃煙，以此向玉帝覆旨。此後，每逢戲台落成、新戲演出，粵劇戲班必定拜祭華光大帝。

關 帝

　　被道教奉為護法四帥之一的"關聖帝君"關羽，即人們常說的"關帝"。作為三國時期名將，關帝事蹟符合仁、義、禮、智、信等傳統美德，深受民眾愛戴。關帝信仰在廣府地區可謂深入各階層，其中，尤以工商業界和武林中人對關帝最為恭謹。由於誠信守諾在商業中尤為重要，又因關帝的紅臉象徵"紅利"，當代商家都將他奉為財神，虔誠膜拜。

屬性：無

坐騎：赤兔馬

司掌：信義、秩序

技能：護持正義

法寶：青龍偃月刀

邊度睇：西場村關帝廟

財 神

　　"財神到，財神到，好走快兩步，得到佢睇起你，你有前途。"每逢過年，這首朗朗上口的粵語歌都會準時出現在廣府的大街小巷裏。財神是道教俗神，廣府人對他尤為崇拜，人們也喜歡把掌握大筆金錢或慷慨解囊的人稱為"財爺"。一到農曆大年初五，老廣就例行要接財神。俗話說"送神早，接神遲"，接神儀式一般在下午 4 時到晚上進行，供品有三牲、水果、茶、糖果等。

屬性：金　　　　　坐騎：無

司掌：人間財富　　技能：招財進寶，財運亨通

法寶：聚寶盆　　　邊度睇：各地財神廟

作為八仙之中唯一的女仙，何仙姑的傳說家喻戶曉。而作為廣東增城人，何仙姑與增城掛綠荔枝的故事也在增城廣為流傳。

相傳何仙姑去蓬萊「八仙過海」之前，為父母織了一雙繡花鞋。匆忙之間，原本掛在她衣服上的一條綠絲帶滑落到隔壁的荔枝樹上，化成了荔枝上細細的綠線。後來，人們嘗過那棵樹上的荔枝，紛紛稱讚荔枝的口感鮮甜，並深信這神奇的美味肯定是源於何仙姑落在荔枝上的那條綠絲帶。

從此以後，帶有綠線的掛綠荔枝成了遠近聞名的嶺南佳果，它與何仙姑的故事也因此流傳至今。

增城掛綠

何仙姑

　　何仙姑手持荷花，清麗脫俗，是道教八仙中唯一女性。關於她的傳說，大都賦予了預知禍福、洞知人事、反抗包辦婚姻等色彩。作為何仙姑的家鄉，增城小樓鎮至今仍保留着何仙姑家廟及其仙化之所"問仙井"。鄉民認為，家廟四周井水都略有鹹味，唯獨這口井的水清澈甘冽，常飲可強身健體，醫治百病。

屬性：木

坐騎：無

司掌：治世度生

技能：預知禍福，消除疫災

法寶：荷花

邊度睇：增城何仙姑家廟

金花娘娘

相傳明朝時廣州一巡按的夫人難產，巡按大人手足無措，累極小憩，夢見一老翁說，"請金花姑娘來，可保母子平安"。巡按找到了這名叫金花的姑娘，當金花姑娘一入後堂，巡按夫人就平安產下嬰兒。從此，金花娘娘聲名傳遍廣州，許多臨產家庭都找金花庇佑。金花娘娘就成了廣州特有的"本土神"，農曆四月十七被定為金花誕。

屬性：木

坐騎：無

司掌：婦女生育

技能：保佑生育平安

法寶：紅白二花

邊度睇：長洲島金花廟

冼夫人

冼夫人，封號"譙國夫人"，是南朝梁代至隋初嶺南地區的百越領袖。她生於茂名，自幼賢明，謀略過人，擅長行軍用師。嫁到高州後，幫助夫家馮氏樹立威信，鎮服諸越。冼夫人一生致力於維護國家統一，促進漢俚民族融合，老百姓尊稱她為"聖母"，並建冼太廟供奉。

屬性：無

司掌：嶺南大地

法寶：錦傘

坐騎：千里馬

技能：保境安民

邊度睇：茂名市高州冼太廟
茂名電白娘娘廟

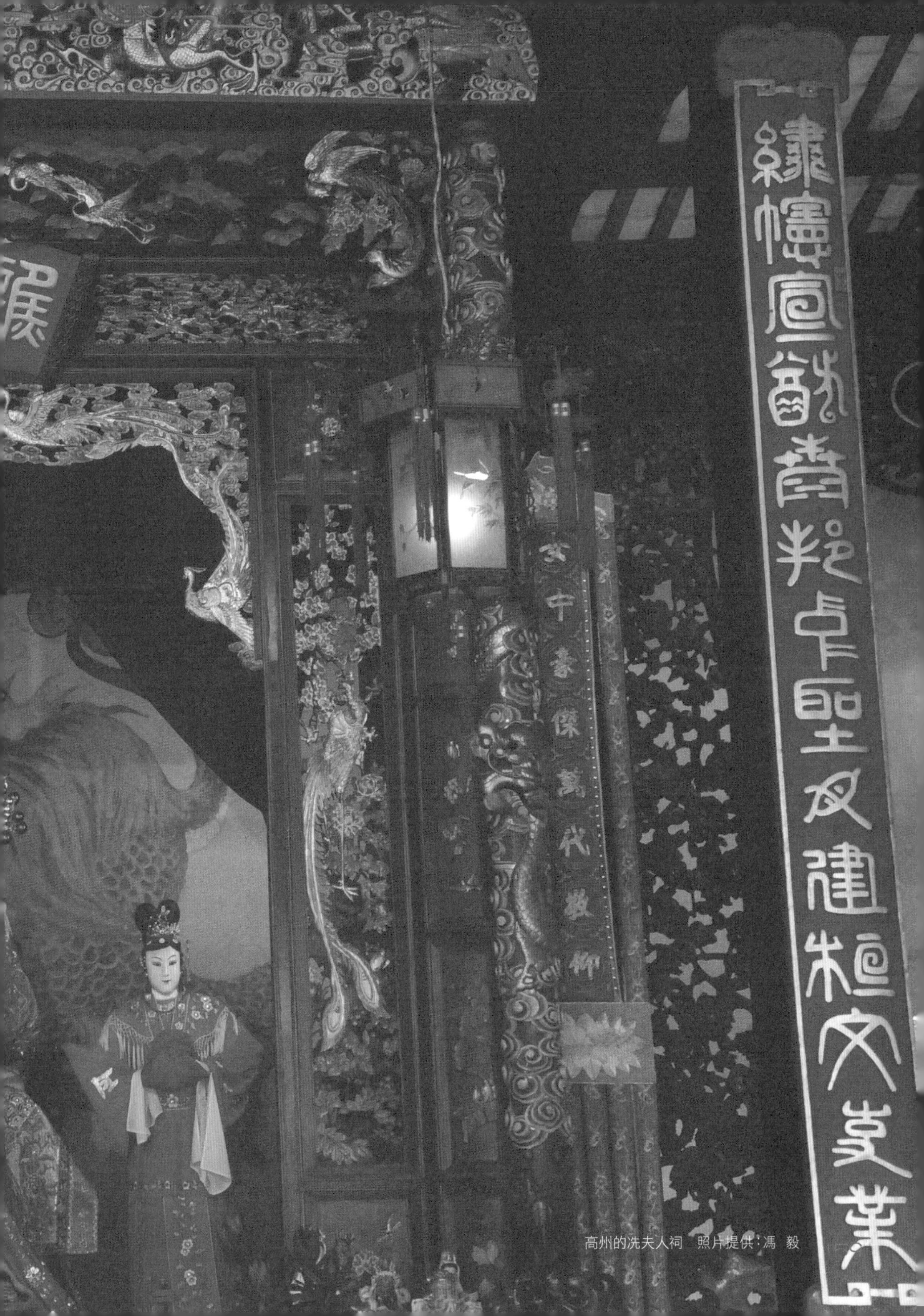

高州的冼夫人祠　照片提供：馮　毅

葛 洪

　　葛洪，是東晉醫藥學家、著名道教領袖。他出身江南士族，拜鮑靚為師修習道術，深得鮑靚器重。葛洪夫婦曾在南海西樵山和廣州越崗院（即今三元宮）行醫，後隱居羅浮山煉丹著書。葛洪著的《肘後備急方》有青蒿醫治瘧疾的記載。屠呦呦受此啟發，從中草藥中分離出青蒿素用於瘧疾治療，並因此獲得諾貝爾醫學獎。現在廣州白雲仙館、三元宮，南海西樵山，惠州羅浮山都有供奉葛洪夫婦。

屬性：木　　　　　　坐騎：無

司掌：煉丹　　　　　技能：行醫濟世，煉藥

法寶：寶葫蘆　　　　邊度睇：羅浮山酥醪觀

鄭　仙

　　鄭仙俗名鄭安期，相傳他奉秦始皇之命尋覓長生不老藥，一路雲遊到廣州。當時瘟疫流行，為給百姓治病，他在白雲山蒲澗採藥卻不慎墜崖，被仙鶴救起，隨即飛升成仙。為紀念他的恩德，人們建了"鄭仙祠"，又把他成仙的農曆七月二十五定為"鄭仙誕"，誕會時，人們登山拜祭，祈求身體健康。

属性：木　　　　　坐騎：仙鶴

司掌：採藥　　　　技能：行醫濟世

法寶：九節菖蒲　　邊度睇：廣州白雲山鄭仙祠

黃大仙

　　黃大仙俗姓黃，名初平，浙江金華人。民間傳說稱，黃大仙行醫濟世，仙德廣被，深受擁戴。後又因有求必應、簽文靈驗而譽滿江湖，粉絲們遠道而來只為求黃大仙指點迷津。而位於廣州芳村及香港九龍的兩間黃大仙祠最負盛名。

屬性：無

坐騎：無

司掌：扶乩占卜

技能：有求必應，排憂解難

法寶：拂塵

邊度睇：芳村黃大仙祠

觀世音菩薩

　　觀世音菩薩又稱觀音、觀音娘娘。觀世音信仰隨佛教進入中國，是慈悲與智慧的象徵。觀世音是最大眾化的佛教菩薩。在中國南方，以及南洋華僑間，觀音信仰極為普及，所謂"家家阿彌陀，戶戶觀世音"。觀音菩薩形象多為慈母。又化生出"送子觀音"、"魚籃觀音"、"望海觀音"、"千手觀音"等。

⬠ 屬性：無		🐴 坐騎：金毛犼	
🏮 司掌：普度眾生		🌀 技能：救苦救難	
🍶 法寶：寶瓶甘露		📍 邊度睇：蓮花山望海觀音 西樵山南海觀音	

六祖惠能

惠能是中國禪宗第六代祖師，惠能俗姓盧，其父當官被貶，流落新州（今廣東新興縣）。父親早逝，惠能和母親相依為命，靠打柴度日。一天，惠能送柴到客店，聽客人誦讀《金剛經》有悟。客人說禪宗五祖弘忍在黃梅弘法，惠能決心出家學道。安頓好母親後，便北上黃梅求法。

一花五葉

禪宗
Zen
◆ 何處惹塵埃 ◆

　　禪宗是佛教重要派別，主張修習禪定。又因其以參究為方法，以徹見心性為本源，被稱"佛心宗"。

　　禪宗最早由菩提達摩傳入中國，因而又有"達摩宗"之説。作為禪宗始祖，達摩於南北朝時期來到中國，且在廣州登岸，現廣州荔灣區還有"西來古岸"碑紀念之，而千年古刹華林寺也是為達摩而建。

　　禪宗流播地主要在廣東、湖南、湖北、江西、浙江等，其在中國佛教各宗派中流傳時間最長，至今仍延綿不絕，而且禪宗對中國哲學和藝術均有重要影響。

菩提達摩是佛傳禪宗第二十八祖，為中國禪宗始祖。

拈花微笑

中國禪宗

　　禪宗又稱達摩宗，下傳慧可、僧璨、道信，至五祖弘忍下分為南宗惠能，北宗神秀，時稱"南能北秀"。

惠能自幼喪父，母子二人靠打柴為生。惠能 22 歲時，偶然一次機會，聽得《金剛經》，若有所悟，毅然出家，到黃梅向禪宗五祖弘忍學法。

然而在道場待了八個月，目不識丁的惠能一直被安排在廚房舂米。一日，五祖用作偈語的方式考察弟子見道程度兼選接班人，他的得意門生神秀在佛堂南廊寫下"身是菩提樹，心如明鏡台，時時勤拂拭，莫使惹塵埃。"寺內廣為傳誦。怎知，"舂米仔"惠能聽後竟立作一偈："菩提本無樹，明鏡亦非台。本來無一物，何處惹塵埃。"

讀罷此偈，弘忍已知六祖人選非這個"舂米仔"莫屬。但又怕惠能招人嫉妒，因此讓他半夜入室，傳經送衣缽，並親自送他到江州渡口，讓他回嶺南避風頭。

惠能在四會潛修足有 15 年之久，至唐高宗年間，他感到是時候出來弘揚佛法了，便來到廣州。在法性寺碰上兩個和尚正爭論風揚旗幡時，到底是風動還是幡動。惠能説："既非風動，亦非幡動，仁者心動耳。"印宗法師聽罷立即出來請他到會中上座。

　　印宗法師得知惠能是禪宗法嗣，便替他削髮，寺內僧人們也開始向惠能學習頓悟法門。

168

乾明法性寺

乾明法性寺即現在廣州光孝寺，寺內有六祖髮塔，相傳六祖惠能剃度的頭髮就藏在塔旁樹下。

高見！

削髮具戒次年春天，六祖惠能又到了曹溪寶林寺宣揚禪宗，名噪一時。武則天當即賜予寶林寺題匾"南華禪寺"，寶林寺因而改稱南華寺。惠能在此傳教說法 37 年，其言行後被弟子法海匯編成禪宗宗經《法寶壇經》。

開山傳法

佛法在世間，
不離世間覺，
離世覓菩提，
恰如求兔角。

佛

後 記

　　"廣府"一詞,由最初的地域行政概念,變成了現在的文化概念。而這個文化,至今還在不斷地變化着。有消亡的部分,如已經不復見的疍家人、自梳女;也有新生的部分,如新民俗——廣府廟會,以及吸收了潮汕人習俗的香港盂蘭盆節等。我們想用繪本的形式把這個漫長複雜的形成過程記錄下來,實屬不易。自己挖的坑,含着淚也要跳下去,折騰了兩年多,上半部分終於能拿得出手見人。

　　這其中,除了我們自己做了海量的資料搜集工作外,還少不了各界人士的援手,在這裏,我要向他們致謝。

　　香港的資深記者 Yau,對我們一書的編寫製作給了極大的幫助,為我們出謀劃策、修改文字、搜索資料,給我們版面提出很多有益的意見。

　　民俗學者曾應楓老師,知道我們在做"歲時節慶"的篇章後,特地在七夕期間帶我們去到天河珠村看擺乞巧,在中元節期間又邀我們同去沙尾村看擺中原。

　　車陂龍舟促進會在端午期間,帶我們感受龍舟文化,還給我們提供了不少資料圖片。

　　香港非遺工作者蔡啟光老師,在七月半期間,約我們同去看香港廣府式盂蘭勝會,給我們補上了很多有關知識和圖片。

　　中央人民廣播電台的 DJ 肥光，為我們用粵語錄製多段書本內的故事音頻。

　　羊城網創辦人勞震宇，為我們將故事音頻做成二維碼置於羊城網內，方便讀者邊閱讀邊聽故事。

　　好朋友何裕華，在帶寶寶的同時還給我們修改文字，經常要趁寶寶入睡後才加班工作。

　　當然還有給我們提供過資料圖片的親朋好友：黎旭陽先生、楊華輝先生、馮毅先生、盧潔瑩女士、廣府廟會組委會，部分歷史圖片來自美國麻省理工大學網上資料庫。

　　最後要特別感謝廣東人民出版社對老廣新遊系列一貫的支持，還有萬能的責編黎捷、夏素玲小姐姐，難為她們跟我們的書稿，因為每次我們都是拖稿拖到最後還在不斷修改，感謝她們也耐着性子容忍我們的任性。

　　由於編者水平有限，本書難免存在錯漏，敬請專家學者和讀者為我們提出寶貴意見。

　　　　　　　　　　　　　大話國團隊
　　　　　　　　　　　　　2018 年 7 月

老廣新遊

大話國

大話廣府

上 冊

編繪
大話國

編輯
謝妙華

協力
陳芷欣

封面設計
羅穎思

圖書設計
廣州亦可文化傳播有限公司

出版者
萬里機構出版有限公司
香港北角英皇道 499 號北角工業大廈 20 樓
電話：2564 7511　傳真：2565 5539
電郵：info@wanlibk.com
網址：http://www.wanlibk.com
　　　http://www.facebook.com/wanlibk

發行者
香港聯合書刊物流有限公司
香港荃灣德士古道 220-248 號荃灣工業中心 16 樓
電話：2150 2100　傳真：2407 3062
電郵：info@suplogistics.com.hk
網址：http://www.suplogistics.com.hk

承印者
美雅印刷製本有限公司
香港觀塘榮業街 6 號海濱工業大廈 4 樓 A 室

出版日期
二〇一八年十二月第一次印刷
二〇二二年七月第二次印刷

本中文繁體字版本經原出版者廣東人民出版社授權出版，並在香港、澳門地區發行。